Jm

Johanna Moertl

SO NAH

VON DIR

ENTFERNT

Roman

Deutsche Erstausgabe Januar 2021
© Johanna Moertl
Alle Rechte vorbehalten.

4. Auflage
Inhalt: Johanna Moertl
Lektorat: Claudia Pietschmann
Korrektorat: Christian Winkelmann
Umschlaggestaltung: NH Buchdesign

Herstellung und Verlag: BoD - Books on Demand, Norderstedt
ISBN: 9783755786443

ÜBER DIE AUTORIN

Johanna Moertl schreibt Romane über die Liebe. Die Liebe zwischen Mann und Frau. Aber auch zu den Eltern, den Geschwistern, zum Leben. Ihre Geschichten berühren durch authentische Figuren und ernsthafte Themen, die mit viel Fingerspitzengefühl und Leichtigkeit erzählt werden. Als echtes Wiener Mädel hatte sie tatsächlich nie den Wunsch, woanders als im wunderschönen Wien zu leben.

Jedenfalls bis vor kurzem. Denn ihre Liebe zu dem Land, dem Essen und den Menschen Andalusiens wächst und wächst.

Und wer weiß? Sollte sie eines Tages ihre Firma aufgeben, die sie seit ihrem Wirtschaftsstudium betreibt, und wenn ihre Kinder flügge geworden sind, findet ihr sie womöglich gemeinsam mit ihrem Mann in einer alten Finca am Meer, wo sie grauhaarig und teetrinkend immer noch über die Liebe und das Leben schreibt…

Sollte sich ein Fehler eingeschlichen oder du Fragen an mich haben, freue ich mich über deine Nachricht unter:

books@johannamoertl.com

Besuche mich gern auf meiner Website:

www.johannamoertl.com

Rezensionen sind für mich als Autorin von unschätzbarem Wert, erhöhen sie doch die Sichtbarkeit meiner Bücher enorm. Außerdem geben sie mir direktes Feedback, was den LeserInnen an meinen Büchern gefallen hat und was noch verbessert werden kann. Daher freue ich mich sehr, wenn du meinem Buch ein paar Sterne oder sogar Worte schenkst.

Rezensiere meine Bücher gern auf:

www.amazon.de

www.lovelybooks.de

www.thalia.de

Für B.T.

EINS

August - September

Ich liege flach auf dem Boden meines Wohnzimmers und merke erst jetzt, dass mir heiße Tränen über die Schläfen laufen. Sie kitzeln mich und erkalten schnell. Es fühlt sich gar nicht so an, als würde ich weinen. Da rinnen einfach nur Tränen hinab. So etwas habe ich noch nie erlebt.

Normalerweise drückt es hinter meinen Augen, ich presse sie zusammen und verziehe die Mundwinkel, meine Nase beginnt zu laufen und dann fallen die Tropfen. Und normalerweise bin ich zu diesen Gelegenheiten auch in irgendeiner Form traurig, verzweifelt oder zumindest gerührt.

Doch heute in diesen frühen Morgenstunden eines gewöhnlichen Wochentages trifft nichts dergleichen auf mich zu. Ich setze mich auf und versuche, meine Gedanken zu ordnen. Kurz kommen mir die Phänomene der weinenden Madonnen in den Sinn, aber das war doch immer Betrug, oder nicht? Und das jetzt gerade? Was ist das?

Nach mehr als einem halben Jahr der Abstinenz habe

ich gestern wieder begonnen, Yoga zu praktizieren. Ich wollte schon viel früher damit anfangen, konnte mich nur lange nicht dazu überwinden. Wie seltsam.

Die Übungen haben mir immer so gutgetan. Sie machen meinen Körper geschmeidig und meinen Geist gleich mit, sie erden mich. Warum um alles in der Welt muss ich mich zu so etwas erst überwinden? Ich befürchte, manchmal fällt es mir einfach ein kleines bisschen schwer, auf mich zu achten und das zu tun, was gut für mich ist.

Heute dann, aus einer ebenso unerklärlichen Laune heraus, dachte ich, wenn ich schon so motiviert bin, könnte ich es doch auch gleich einmal mit Meditation versuchen, der Königsdisziplin in Achtsamkeit.

Nach den Übungen legte ich mich also zu Shavasana, der Totenstellung, auf den Boden, schloss die Augen und richtete meine Aufmerksamkeit nach innen. Schlimmer als befürchtet schwirrten meine Gedanken wie wild umher, streiften herum, wollten keine Ruhe geben. Da ließ ich sie fliegen, vorbeiflattern wie lose Blätter an einem windigen Herbsttag.

Und als mein Geist endlich gemächlich zum Stillstand kam und ich die Leere, das Nichts, schon beinahe fühlen konnte, passierte es. Irgendjemand zapfte eine Quelle an oder öffnete eine Schleuse, und die Tränen sprudelten ohne Vorwarnung ganz einfach aus mir heraus. Ich vermute, Meditation ist vielleicht doch nicht so mein Ding ...

Ich wische mir die Tränen ab und sehe auf die Uhr. Es ist noch Zeit. Das ist gut, so kann ich in aller Ruhe zu Fuß gehen und muss nicht hetzen wie so oft. Zum Glück wohne ich nur zwei Straßen von der Klinik entfernt.

ZWEI

Am Krankenhaus angekommen ziehe ich im Umkleideraum des Untergeschosses meine Arbeitskleidung an und fahre mit dem Lift in den vierten Stock, in die Entbindungsstation.

„Guten Morgen!", begrüße ich meine Kollegin Iris im Stationszimmer.

„Hallo, Leni! Du bist ja schon da! Wollen wir gleich die Übergabe machen?"

„Ja, gern, ich bin bereit."

„Heute war eine angenehm ruhige Nacht, es gab nur zwei Geburten, beide komplikationslos. Aber jetzt sind schon wieder beide Kreißsäle besetzt und ein Kaiserschnitt wird vorbereitet. Du musst also gleich loslegen. Bitte behalte den kleinen Raffael in Zimmer 401 im Auge, er hat seit gestern kaum getrunken. Vielleicht ist er noch zu erschöpft von der Geburt, aber er sollte nicht zu viel abnehmen."

„Wird heute jemand entlassen?", frage ich nach.

„Ja, Zimmer 404 und 409. 408 muss noch das Okay des Kinderarztes abwarten. Heute ist der Sonnleitner eingeteilt."

„Und wann kommt er?"

„Hat er nicht gesagt." Sie verdreht die Augen.

„Sonst noch was?"

„Nein. Oder doch: Ich hoffe, wir sind endlich mal wieder gemeinsam im Dienst, hab dir einiges zu erzählen!" Sie grinst.

„Ja, das hoffe ich auch, Iris! Aber jetzt ruh dich erst mal aus. Und schönen Tag."

„Dir auch, Leni."

Ich löse Iris ab und eine neue lange Schicht beginnt.

„Entschuldigung." Es klopft an der offenen Tür zum Kinderzimmer. Eine junge Mutter mit ihrem Baby im Arm streckt den Kopf herein: „Ich komme zur Abschlussuntersuchung."

„Ah, hallo! Der Kinderarzt ist leider noch nicht da, vermutlich wurde er aufgehalten. Wollen Sie vielleicht kurz hier warten?"

Eine andere Frau kommt ins Zimmer. „Leni, könnten Sie mir das Stillhütchen wieder sterilisieren?"

„Gerne! Hier, nehmen Sie ein bereits steriles. Klappt es damit besser mit dem Stillen?"

„Ja. Ich denke, Sie haben recht, es wird das Zungenbändchen sein. Ich würde das gerne mit dem Kinderarzt besprechen."

„Ich gebe Ihnen Bescheid, wenn er da ist."

Zimmer 405 läutet. Ich laufe hinüber.

„Wann kommt denn das Essen?", möchte sie wissen.

„Ich habe im Gang schon den Wagen gehört, es müsste gleich bei Ihnen sein."

Meine Kollegin Anita ruft aus dem Flur: „Leni, hast du noch Sommerbodys bei dir? Ich finde hier nur welche aus Fleece."

„Ja, warte, ich hole sie dir!"

Eine Mutter mit schreiendem Baby: „Würden Sie mir bitte noch ein Fläschchen anwärmen?"

„Natürlich! Aber sehen Sie, wie er die Beine anzieht? Vermutlich hat er Bauchweh. Legen Sie ihn hierher, dann zeige ich Ihnen, wie Sie sein Bäuchlein massieren können."

Dr. Sonnleitner fliegt herein. „Guten Morgen, die Damen! Wer kommt zu mir? Zack, zack! Ich habe nicht viel Zeit. Leni, warum haben Sie nicht schon mit dem Hörscreening angefangen? Und Vitamin-K-Tropfen hätten Sie dem Kind auch längst geben können! Na, komm her, Kleiner, alles muss man selber machen. Aber jetzt ist der Onkel Doktor ja da ..." Er nimmt der jungen Mutter das Baby ab und wirft mir einen tadelnden Blick zu.

Die Hebamme Maria ruft mich aus dem Kreißsaal an. „Leni, ich brauche Unterstützung bei der Geburt. Kannst du kommen?" Ich gebe Anita Bescheid, laufe in den Kreißsaal und nehme meinen Platz an der Seite der Gebärenden ein.

Die werdende Mutter schwitzt, strengt sich an, stöhnt und schreit. Maria und ich schwitzen auch, strengen uns an und sind ganz ruhig. Jeder einzelne unserer Handgriffe ist Routine, jede einzelne Geburt ist es nicht.

Und als ich der strahlenden Mutter das kleine Mädchen auf die Brust legen darf, bin ich wieder einmal von der Tatsache überrascht, wie nah Schmerzen und überschäumendes Glück nebeneinanderliegen können. Nirgendwo näher als hier an der Schwelle zum Leben.

DREI

Als mein Dienst endet, widerstehe ich dem Drang, gleich nach Hause zu fahren und ins Bett zu fallen. Das ist doch kein Leben! Arbeiten, schlafen, arbeiten, und das mit zweiundzwanzig. In meinem Alter sollte man studieren und wilde Partys feiern, sagt zumindest mein Vater.

Also gehe ich in die entgegengesetzte Richtung und betrete die Bar, die neben unserer Klinik liegt. Ich setze mich in eine dunkle Ecke und bestelle einen Aperol Spritz.

In der Mitte des Raumes geben ein paar Oberärzte der Chirurgie vor, mit ihren Assistenzärzten schlaue Gespräche zu führen. In Wahrheit wollen sie sich nur gezielt besaufen. Alle Chirurgen sind tot, innerlich tot. Nie im Leben würde ich mit einem von ihnen etwas anfangen. Denn wenn sie noch nicht tot sind, dann werden sie es bald sein.

Ein Chirurg lernt vom ersten Tag seiner Karriere an, all seine Gefühle und Bedürfnisse zu unterdrücken. Er muss funktionieren, obwohl er müde ist. Er darf nicht zur Toilette, auch wenn er muss. Stundenlang steht er in der gleichen unbequemen Haltung, bis die Operation beendet ist. Und wehe wenn einer eine Schwäche zeigt, dann wird er von den älteren Kollegen aufs Schärfste zurechtgewiesen. Denn die einzige Regung, die einem Chirurgen gestattet ist, ist Wut gepaart mit Gebrüll und Worten der Erniedrigung.

Die Chefärzte, bei uns in Wien Primare genannt, treten die Oberärzte, die Oberärzte die Assistenzärzte, die Assistenzärzte die Turnusärzte. Und alle uns Krankenschwestern, wenn ihnen etwas nicht passt. Ich habe noch keinen einzigen Chirurgen weinen sehen. Nach dem Tod meiner Mutter keine einzige Träne. Auch mein Vater ist innerlich ein toter Mann.

Meine Haarwurzeln schmerzen. Ich löse den straffen Dutt und schenke meinen langen, kastanienbraunen Locken die Freiheit. Ein junger Chirurg, der gerade mal ein paar Monate an unserer Klinik ist, sieht immer wieder zu mir herüber.

Ich weiß, dass ich schön bin. Ich habe es oft genug gehört, um es zu glauben. Ich sehe es jeden Tag an der Art, wie die Menschen, denen ich begegne, mich ansehen. Wie sich ihre Augen fast wie vor Überraschung weiten. Beinahe so, als würden sie das Objektiv neu einrichten, um den Gesamteindruck besser einfangen zu können.

Ich weiß auch, dass ich zu ernst und verschlossen bin. Auch das habe ich zu oft gehört. Aus all diesen Gründen bin ich ganz froh, zumindest im OP eine Maske tragen zu können.

Der junge Arzt steht auf und kommt in meine Richtung.

Die anderen grölen hinterher: „Bei der brauchst du es gar nicht versuchen. Da hat's noch keiner geschafft. Die nimmt keine Ärzte!"

Wie recht sie haben. Wie sehr mich dieses Klischee anwidert, der Arzt und die Krankenschwester, egal was, der Sex, die Affäre, die große Liebe. Dieses ekelhafte, stets immanent patriarchale Gefüge. Der Mann gebildet, erfolgreich, der Chef. Die Frau dienend, bescheiden und demütig. Da schüttelt es mich. Es gab noch nie eine gleichberechtigte Partnerschaft zwischen einem Arzt und einer Krankenschwester! Nicht in diesem Universum! Ich brauche noch einen Drink.

Er stellt sich vor mich hin. „Du bist Leni, nicht wahr? Ich bin Mats. Matthias, um genau zu sein. Darf ich dich auf etwas einladen? Was hattest du denn? Einen Aperol? Ich kann gerne noch einen bestellen! Oder willst du lieber alleine sein? Manchmal braucht man einfach die Ruhe, vor allem nach einem stressigen Tag. Ich kenne das. Bei mir war es heute ganz okay, lief alles nach Plan. Und bei dir? War es stressig heute? Magst du mir davon erzählen? Ich weiß, die anderen haben mich gewarnt, dass du Ärzte nicht magst. Die Sache ist die: Ich glaube denen auch sonst nicht alles, was sie sagen. Also dachte ich mir, ich probiere es einfach und frage dich, mache mir selbst ein Bild. Und du solltest das auch tun. Es sind nicht alle Ärzte gleich, weißt du? Wir könnten uns doch kennenlernen, einfach mal so, ohne Erwartungen. Oder was meinst du?"

Einerseits frage ich mich, ob der jemals aufhört zu reden, andererseits finde ich sein nervöses Geplapper doch irgendwie süß, als wäre er noch ein Kind, dabei muss er mindestens ein paar Jahre älter sein als ich.

Wie er so dasteht in Jeans und weißem Hemd, sich verlegen durchs rötlich blonde Haar fährt und auf eine Antwort wartet. Und seine Kollegen, die im Hintergrund schadenfroh lachen, da tut er mir richtig leid und ich spüre den Wunsch, ihn zu beschützen wie einen Welpen.

Also sage ich nur: „Du kannst gerne meine Rechnung übernehmen und mich dann nach Hause fahren."

Das Gelächter verstummt. So manch einer denkt wohl an seine verpasste Chance. Dann wenden sie sich wieder anderen Themen zu. Mats steht grinsend an der Bar und gibt ein großzügiges Trinkgeld.

Als wir auf die Straße treten, will ich ihm sagen, dass ich nur eingewilligt habe, um ihn vor den anderen nicht bloßzustellen. Dass ich tatsächlich nichts mit Ärzten anfange, schon gar nicht mit einem Chirurgen. Doch schon wieder plaudert er ungefragt drauflos und seine grünen Augen blitzen fröhlich.

„Also leider kann ich dich nicht nach Hause fahren, ich bin nämlich gar nicht mit dem Auto da. Ist das schlimm? Ich versuche ja so oft es geht die öffentlichen Verkehrsmittel zu benutzen, gelingt mir eh nicht immer, bin manchmal einfach zu spät dran, vor allem morgens. Ich bin eher ein Langschläfer, musst du wissen. Soll ich ein Taxi rufen? Aber bis das hier ist ... Wir können auch die Straßenbahn nehmen ... Ist es denn weit bis zu dir?"

„Nein, gar nicht, wir können zu Fuß gehen."

„Spitze! Übrigens danke, dass du mich nicht gleich zum Teufel gejagt hast. Wäre doch etwas peinlich gewesen vor den anderen. Wobei, mir ist in Wahrheit egal, was die von mir denken. Man muss ja mit seinen Kollegen nicht unbedingt befreundet sein. Ich meine, es reicht doch, wenn man gut zusammenarbeitet, sich aufeinander verlassen kann ... Bist du schon lange an der Klinik?"

„Ungefähr zwei Jahre", antworte ich.

„Tolles Spital! Hohe Standards. Mir gefällt es wirklich sehr. Sie haben es fabelhaft renoviert und ausgebaut. Ich finde auch das Klima angenehm, also eine herzliche Umgebung für die Patienten, meinst du nicht? Und Wien erst! Ach, ich liebe Wien! Das ist einfach eine Traumstadt. Hat ja auch die höchste Lebensqualität weltweit, oder zumindest eine der höchsten, ich weiß es nicht mehr, da gibt es ja jedes Jahr ein neues Ranking. Kommst du aus Wien?"

Ich nicke und muss schmunzeln, weil seine Begeisterung entzückend ist.

„Ich bin aus Graz, also aus der Nähe von Graz. Ist auch schön, anders halt. Wenn man das Ländliche mag ... Zugegeben, die Landschaft in der Steiermark ist schon einmalig. Die Weinstraße ... Sind wir schon da?"

„Ja, hier wohne ich. Danke für das Getränk und fürs Heimbringen, Mats. Gute Nacht!"

„Gute Nacht! Bis bald! Hat mich gefreut!"

Die Tür fällt ins Schloss und im Lift umgibt mich eine eigenartige Stille.

VIER

Am nächsten Morgen fallen mir Dinge auf, die ich tags zuvor nicht beachtet habe. Auf der Straße liebevoll gestaltete Grünflächen, gepflegte Gehsteige und detailreiche Fassaden der Jahrhundertwendehäuser. In der Klinik sonnendurchflutete Gänge, lachende Patienten und wirklich köstliches Essen in unserer Kantine.

Ebenso in der Kantine sehe ich Mats am anderen Ende des Raumes sitzen. Er lächelt und hebt die Hand zum Gruß. Einige Köpfe drehen sich grinsend zu mir um. Also wird wohl schon getratscht. Ich nicke ihm kurz zu und wähle ein Sandwich zum Mitnehmen. Ich esse heute doch lieber im Stationszimmer.

Als ich abends aus der Klinik trete und meine Nachrichten checke, lasse ich vor Schreck beinahe das Handy fallen. Denn vor dem Gebäude steht, lässig angelehnt an einen Sportwagen, dessen Marke ich nicht kenne, Mats und wartet. Anscheinend auf mich. Denn als ich näher komme, verlässt er seinen Posten und schließt sich mir an.

„Ich begleite dich", sagt er, als wäre es das Natürlichste

der Welt.

Da mir keine schlagfertige Antwort einfällt, frage ich: „Ist das dein Auto?"

„Nö." Er grinst. „Aber gut zum Warten. Wusstest du, dass die Modelle dieses Baujahres zehn Zentimeter höher sind, als sie es früher waren? Die Höhe und Schräge der Kühlerhaube passt sich optimal an meine Kehrseite an."

Ohne es zu wollen, muss ich lachen. „Und warum bist du dann nicht Autohändler geworden, wenn du dich so gut mit Sportwagen auskennst?"

„Mein Vater ist Arzt, er war Unfallchirurg, bis er der Familie zuliebe eine Landarztpraxis eröffnet hat. Keine Nachtdienste und so. Ich durfte ihn oft begleiten bei seinen Hausbesuchen und wollte schon immer Arzt werden, egal welcher. Die Chirurgie hat sich einfach ergeben, ich habe so lange Finger, da bietet sich das an. Pianist wäre auch eine Option, aber dafür ist es jetzt zu spät", sagt er lachend. Er streckt mir seine Hand vors Gesicht.

Tatsächlich: lange, schmale, aber kraftvolle Finger. Schöne Hände, männliche Hände. Ich wende rasch den Blick ab.

„Und was macht dein Vater so?", fragt er, vermutlich um das Gespräch am Laufen zu halten.

„Professor Sedlmüller ..."

„... ist dein Vater?" Er bleibt kurz stehen, dann wird er blass. „Das bedeutet ja, dass deine Mutter ... Also mein Beileid."

Jetzt ist sogar Mats verstummt. Schweigend gehen wir weiter. Ja, in Fachkreisen ist es auch nach zehn Jahren immer noch bekannt, dass mein Vater eine neue Operationsmethode an seiner Frau ausprobiert hat und sie dabei verstarb.

Die Sedlmüller-Methode wird heute sehr erfolgreich angewendet, aber man munkelt, dass er damals einen Fehler gemacht hat. Es hat seine Gründe, warum Ärzte zumeist keine Familienmitglieder operieren, sie sind dann emotional zu sehr involviert.

„Hier sind wir schon. Tschüss, Mats!" Und wieder lasse ich ihn einfach auf der Straße stehen. Ich denke, diesmal hat er Verständnis dafür.

FÜNF

Der nächste Tag ist Samstag und ich habe frei. Ich mache die Wäsche, putze die Wohnung und kaufe ein. Dann schwinge ich mich auf mein Fahrrad und fahre nach Nussdorf zum wöchentlichen Treffen mit meinem Vater.

Die Straßen in dem malerischen Winzerdorf am Stadtrand von Wien sind steil und verwinkelt und ich bin einigermaßen außer Atem, als ich das schmiedeeiserne Gartentor meines Elternhauses erreiche. Ich liebe das Geräusch von Kies unter meinen Rädern in der Auffahrt, es hört sich für mich jedes Mal nach Heimkommen an.

Vor dem Haus steht Papas neuer Sportwagen, gerade mal eine Woche alt. Ich muss lächeln, denn es ist genau so ein Modell wie das vor dem Krankenhaus, das Mats als Hinternstütze diente. Mein Vater steht nicht weit davon entfernt am Rande seines Fischteiches und starrt hinein.

„Hallo Papa!"

„Ah, da bist du ja. Wie läuft's in der Klinik?"

„Alles gut. Und in deiner?"

„Bestens. Willst du nicht doch endlich Medizin

studieren? Du bist immer noch jung genug!", fragt er, den Blick auf das Wasser gerichtet.

„Ich weiß nicht, Papa."

Somit wäre unser üblicher Gesprächsstoff verbraucht und wir könnten zu Kaffee und Kuchen übergehen, doch heute will etwas ungebremst aus mir heraus.

„Papa, wir haben nie darüber gesprochen: Warum hast du Mama nicht von einem Kollegen operieren lassen?"

Er starrt mich an. Seine braunen Augen werden fast schwarz. „Glaubst du auch, ich habe einen Fehler gemacht? Ich habe keinen Fehler gemacht! Verdammt!", schreit er. Dann lässt er die Schultern fallen und fährt verbittert fort: „Einem Kollegen? Keiner wollte es tun. Es war von Anfang an aussichtslos. Der Tumor hatte schon große Teile des Gehirns befallen. Sie konnte ja schon keinen geraden Satz mehr schreiben und das Sprechen fiel ihr immer schwerer. Sie hatte Aussetzer." Seine Stimme wird zunehmend schrill. „Was hätte ich denn tun sollen? Ich musste es doch versuchen. Einer musste es doch versuchen! Ich habe die ganze Zeit nur an dich gedacht. Für dich musste es gelingen. Ich habe alles getan! Ich habe mein Bestes gegeben, aber es war zum Teufel noch mal nicht genug. Seither war keine einzige dieser Operationen erfolglos. Keine einzige! Nur diese eine, auf die es wirklich angekommen wäre!" Er ballt die Fäuste und dreht sich von mir weg, macht einen Schritt auf den Sportwagen zu und gibt ihm mit aller Wucht einen Tritt, sodass in der Tür eine tiefe Delle klafft.

Ich sehe ihm sprachlos zu, wie er ins Haus läuft, wieder herauskommt und sich dann ins Auto setzt.

„Wo fährst du hin?"

„In die Werkstatt."

Weinend radle ich nach Hause. Immer Wut und Flucht. Ich habe genug davon. Ein einziges Mal nur möchte ich von ihm in den Arm genommen werden. Ein einziges Mal nur gemeinsam um sie weinen. Nach Mamas Tod hat mir das am meisten gefehlt, es war niemand mehr da, in dessen Arm ich einfach alles loslassen konnte.

SECHS

In den Tagen nach dem Gespräch mit meinem Vater schleiche ich durch das Krankenhaus wie ein waidwundes Tier. Selbst meine vielgepriesenen Yogaübungen können die Stimmung nicht heben, von Meditation halte ich mich lieber fern, die würde alles nur noch schlimmer machen.

Die alte Wunde über den Verlust meiner Mutter ist aufgerissen, steht klaffend offen und beginnt zu schwären. Meine Arbeit kommt mir sinnlos vor, jede Tätigkeit stelle ich infrage und die einzelnen Dienste verlaufen zäh wie Karamell, nur leider bei Weitem nicht so süß.

Eines Abends, allein im Stationszimmer, ertappe ich mich dabei, wie ich die Infos zum Medizinstudium durchblättere, die ich seit einem Jahr in meiner Schublade aufbewahre, aber geflissentlich ignoriere. Vielleicht wäre es doch etwas für mich.

Meine Kollegin Michi kommt herein, um ein Glas Wasser zu trinken. Beim Rausgehen dreht sie sich noch kurz zu mir um. „Hast du es schon gehört? Dr. Reiterer hat vorhin seinen ersten Patienten verloren, es gab Komplikationen mit dem Herzen."

Ich schüttle noch in Gedanken den Kopf und mache mich auf, um nach dem Neugeborenen in Zimmer 402 zu sehen, da erreicht es mich. Dr. Reiterer! Ich mache auf dem Absatz kehrt und laufe die Treppen hinunter in den zweiten Stock.

„Wo ist er?", frage ich Gabi, die gerade aus dem Stationszimmer kommt. Unnötig zu erwähnen, wen ich meine. Denn wann immer ich jemandem aus dem zweiten Stock begegne, werde ich mit hochgezogenen Augenbrauen angegrinst. Die Gerüchteküche in einem Krankenhaus brodelt heißer als die Töpfe in der Kantine.

„Im zweiten Dienstzimmer", lautet ihre Antwort.

„Danke, Gabi."

Ich klopfe an. Stille. Die Tür ist nicht verschlossen. Mats sitzt auf dem Bett, das er während seiner Nachtdienste zum Schlafen nutzt, und lässt den Kopf hängen.

Ich bleibe vor ihm stehen. „Alles okay mit dir?"

Als er meine Stimme hört, blickt er überrascht auf.

„Leni!" Seine Wangen sind gerötet, aber er weint nicht. Wie sich das wohl anfühlen muss? Der Letzte zu sein, der einen Menschen hätte retten können, und es nicht geschafft zu haben. Vielleicht die Macht über Leben und Tod zu besitzen, aber niemals das letzte Wort. Diese Verantwortung muss schwer zu tragen sein ...

Ich stehe immer noch vor ihm und kann dem Drang nicht widerstehen, über sein zerzaustes Haar zu streicheln, es wieder glatt zu streichen. Da steht er ganz langsam auf, beugt sich herab und küsst mich. Zieht mich näher an sich heran und küsst mich noch einmal.

Unsere Körper stehen so nah beieinander, dass ich sein Herz in seinem Brustkorb schlagen spüre, ganz nah an meinem. Seine Küsse sind unglaublich zart und er riecht unfassbar gut und meine Stimmung liegt seit Tagen schon weit unter dem Meeresspiegel, sodass ich einfach von der Klippe springe, ohne nachzudenken. Ich will ihn, sein fröhliches Geplapper, sein hinreißendes Lächeln, seine Art, wie er sich durch die Haare fährt, seinen Duft, seinen Körper, seine Lust.

Wir reißen uns die grünen und blauen Hosen von den Körpern und fallen aufs Bett. Er küsst mich, wilder diesmal, mit fordernder Zunge, schiebt mein Hemd hoch, bis meine Brüste freiliegen. Ungeduldig ziehe ich ihn auf mich und wir verschmelzen atemlos in einem Rhythmus, der uns nach kürzester Zeit gleichzeitig zum Höhepunkt treibt.

Das Tempo wird schneller und die Wellen schaukeln sich höher und höher, bis sie endlich kraftvoll über mir zusammenschwappen. Das Pulsieren lässt nach, mein Atem erholt sich. Und im selben Maß, wie der Rausch verebbt, steigt bitter schmeckende Scham in mir hoch.

„Ich muss gehen", murmele ich und streife mir die Kleidung über. Raus, nur raus hier. Wie dumm von mir! Was bin ich nur für ein Idiot!? Schwester Leni hatte Sex im Dienstzimmer mit einem Chirurgen. O verdammt! Verdammt! Ich könnte mich ohrfeigen. Es ist so peinlich.

Ich haste durch die Flure, wobei ich versuche, mir nichts anmerken zu lassen, nicht noch mehr Aufsehen zu erregen. Hat irgendjemand außer Gabi mich gesehen? Ist doch egal. In einer Stunde weiß es doch eh die ganze Klinik.

SIEBEN

Es ist nicht schwer, Mats in den nächsten Tagen nicht zu begegnen, denn er ist vier Tage zur Weiterbildung in Salzburg. Interessanterweise gab es keine Kommentare, kein hämisches Grinsen oder Ähnliches nach unserem Sex im Dienstzimmer. Entweder hat es niemand bemerkt und Mats nichts erzählt, oder aber es gehen sowieso alle längst davon aus, dass wir zusammen sind. Danach habe ich zwei Tage frei und fahre mit meiner Freundin Lisa an den Neusiedler See.

In der neuen Woche muss ich mich anstrengen, nicht von ihm gesehen zu werden. Ich meide die Kantine und verschwinde auf die Toilette, sobald ich die Visite um die Ecke biegen höre. Er ist nur selten auf unserer Station eingeteilt, doch es kommt gelegentlich vor.

Am dritten Tag sitze ich mal wieder auf dem geschlossenen Klodeckel und höre nichts als mein pochendes Herz in den Ohren. Als ich mir sicher bin, dass die Visite vorüber ist, schleiche ich mich zurück ins Kinderzimmer. Es wird langsam Zeit für den Hüftultraschall der Neugeborenen und ich soll assistieren. Ich bereite alles vor und plausche ein wenig mit den anwesenden Mamas. Ein Räuspern.

Mats steht in der Tür, die Hände in den Taschen seines weißen Kittels vergraben, das Gesicht ernst. „Leni, Ihre Anwesenheit wird benötigt." Und charmanter zu den Mamas: „Herzliche Gratulation, die Damen!"

Ich schaue zu den jungen Müttern zurück. Ihre oxytocingetränkten Augen strahlen den feschen Arzt an, keine hält mich zurück. Ich muss also gehen.

Ich folge ihm in den Flur, muss mich aus Höflichkeit zwingen ihn anzusehen, als er sich herunterbeugt, um mir in die Augen zu blicken. „Leni, warum gehst du mir aus dem Weg? Was habe ich falsch gemacht?"

„Gar nichts", sage ich und drehe mich weg, doch er hält meinen Arm fest.

„Und warum läufst du dann vor mir weg? Bitte erkläre es mir."

Primar Dr. Sobotka schlurft an uns vorbei und fordert: „Na, na, Herr Kollege! Seien S' ein bisserl einfühlsamer mit unseren jungen Fräuleins, wenn ich bitten darf. Diese zarten Pflänzchen darf man nur ganz, ganz vorsichtig berühren ... Nicht wahr?" Ein lüsternes Kichern, und weg ist er.

Beide sehen wir ihm angewidert nach. Mats' Finger lösen ihren Griff und rutschen an meinem Arm hinunter bis zu meiner Hand. Ich ziehe sie weg und gehe. Ärzte! Bäh! Wenn ich keine Krankenschwester wäre, müsste ich mir so etwas nicht gefallen lassen.

Den Rest meines Arbeitstages bin ich körperlich zwar anwesend, doch gedanklich unterwegs. Wann war doch gleich der Anmeldeschluss an der MedUni Wien? Bin ich bereit dazu, mein ganzes Leben zu verändern? Erst mal kein eigenes Geld mehr zu verdienen und wieder bei meinem

Vater einzuziehen? Aber bin ich denn bereit, alles so bleiben zu lassen, wie es ist? Ich bin in erster Linie unentschlossen.

Als ich am Abend auf die immer noch sonnige Straße trete, schirme ich die Augen ab und sehe mich nach Mats um, doch er ist nicht da. Sehr gut! Vielleicht hat er endlich verstanden, dass das zwischen uns, dass es zwischen Arzt und Krankenschwester nichts werden kann.

ACHT

Tagsüber steht die Hitze in Wien. Keine Abkühlung in Sicht. Die Straßen flirren und sind wie leergefegt. Wer nicht arbeiten muss, verbringt seine Zeit in einem der vielen Freibäder. Im Krankenhaus ist es jedoch gleichmäßig kühl und ich bin dankbar für meine Arbeitszeiten. Denn als ich am nächsten Tag um sieben Uhr abends meinen Dienst antrete, ist die Luft angenehm und die Vögel zwitschern munter.

„Leni, bitte kommen Sie kurz zu mir herein." Der Chefarzt meiner Abteilung, Primar Dr. Pichler, ruft mich in sein Büro.

„Ja, Herr Doktor?", frage ich verwundert.

„Mir ist zu Ohren gekommen, dass Frau ...", er sieht in seinen Unterlagen nach, „Frau Brandtner sich über Sie beschwert hat." Ich schlucke.

Er fährt fort: „Angeblich haben Sie ihr mehrmaliges Läuten ignoriert. Was sagen Sie dazu?"

„Ich war bei einer anderen Patientin, die verzweifelt war, weil sie ihr Kind nicht stillen konnte. Nachdem wir einiges versucht hatten, klappte es gut. Ich bin danach sofort zu Frau Brandtner gelaufen, und sie wollte nur eine Vase für ihre Blumen ..."

„Was Sie nicht wissen konnten! Es hätte auch ein Notfall sein können!" Seine Stimme bekommt einen scharfen Klang. „Leni, aus diesen Gründen gibt es Standards in unserem Haus. Und ich verlange, dass Sie sich daran halten. Sie bleiben nur so lange wie nötig bei einer Patientin. Wenn es Stillprobleme gibt, dann bringen Sie ihr ein Stillhütchen oder eine Flasche. Wenn sie das nicht akzeptiert, soll sie sich eine Stillberaterin kommen lassen. Haben Sie das verstanden?"

„Ja, Herr Doktor." Dann darf ich gehen.

Ich hab's getan! Ich hab's wirklich getan und mich für die Aufnahmeprüfung zum Medizinstudium angemeldet. Es würde viele meiner Probleme lösen, wenn ich tatsächlich Ärztin wäre. Als Ärztin könnte ich mich wirklich um die Probleme der Patienten kümmern und nicht nur die Hilfsarbeiten erledigen.

Zudem wäre mein Vater stolz auf mich und ich wäre Mats und den anderen Machos im Krankenhaus endlich ebenbürtig. Ab jetzt heißt es büffeln. Ich schaffe das schon irgendwie! Doch jetzt erst mal nach Zimmer 405 sehen, die Patientin hat geläutet.

Im Rauslaufen binde ich mir meinen Dutt neu und rausche vor dem Stationszimmer in Mats. Instinktiv greift er nach meinen Schultern, lässt sie aber sofort wieder los.

„Leni, ich hab's kapiert. Ich weiß jetzt, dass du nicht in mich verliebt bist. Aber ich bitte dich, tu mir diesen einen Gefallen und komm morgen zu meiner Geburtstagsfeier, ja?"

Ich bin überrumpelt. Nicht verliebt? Na ja. Die Patientin läutet wieder. Auf eine Party mit seinen Freunden? Da kann ich mich sicher dezent im Hintergrund halten und früh wieder abhauen. Die Patientin läutet noch einmal. Ich muss jetzt wirklich gehen!

„Na gut. Ich komme um sieben Uhr morgen früh aus dem Dienst. Wann geht's denn los?"

„Ich hole dich ab! Bis morgen!"

So ein strahlendes Lächeln! Mein Herz macht einen Sprung und rutscht mir gleich wieder in die Hose. Ich eile zu Zimmer 405.

NEUN

Als ich um 7:15 Uhr auf die Straße trete, wartet Mats auf mich. Diesmal nicht vor einem Sportwagen, sondern einem ganz normalen VW Golf. Auf dem Dach stehen zwei Becher mit dampfendem Kaffee.

Er gibt mir einen davon. „Guten Morgen, Leni!"

„Guten Morgen. Danke!" Wir steigen ein und fahren los.

„Wohin fahren wir?", will ich wissen und nehme einen Schluck von dem duftenden Gebräu.

Er grinst. „In die Steiermark." Natürlich! Vermutlich wohnen die meisten seiner Freunde noch in seinem Heimatort.

„Und wie komme ich wieder nach Hause?"

„Na, ich bringe dich natürlich."

Mist, also doch nichts mit früh wieder abhauen. Egal, dann muss ich jetzt wohl das Beste daraus machen. Ich trinke den Becher leer.

„Macht es dir etwas aus, wenn ich schlafe, bis wir da sind? Die Nachtschicht war ziemlich hart, wir hatten sechs Geburten und dazu die Betreuung der Frühchen ..."

„Klar, kein Problem, ruh dich nur aus!"

Ich drehe mich zum Fenster und schließe die Augen. Anfangs finde ich schwer in den Schlaf, vielleicht wegen des Kaffees, vielleicht wegen seiner Blicke, die ich gelegentlich zu spüren glaube, doch irgendwann schlafe ich dann doch tief und fest.

Denn ich erwache erst, als Mats mit sanfter Stimme sagt: „Leni, wir sind da."

Ich reibe mir die Augen, strecke mich und steige aus. Wir stehen vor einem alten, herrschaftlichen Gutshof inmitten einer grünen steirischen Hügellandschaft.

„Wo sind wir?"

„Bei mir zu Hause."

Und wie aufs Stichwort treten seine Eltern vor die Tür. Ich streiche mein weißes Sommerkleid glatt und folge ihm die Freitreppe hinauf. Er umarmt seine Eltern herzlich, dann stellt er mich vor.

„Das ist Magdalena. Leni." Und weiter nichts.

„Ähm, ich ... arbeite auch im Krankenhaus" ist das Einzige, was mir einfällt, während ich ihnen die Hand schüttle.

Sein Vater stellt sich als Friedrich vor, Mats' Mutter heißt Elisabeth. „Aber nenn mich gerne Liz, das tun alle hier."

Mats sagt: „Komm. Ich zeige dir, wo du dich frisch machen kannst."

Er führt mich durch dieses riesige Haus in ein liebevoll eingerichtetes Gästezimmer im ersten Stock. „Und hier ist das Bad ..." Dann lässt er mich allein.

Ich wasche mir das Gesicht und schüttle meine Locken. Das Kleid ist von der Fahrt etwas zerknittert, wird aber wohl genügen. Anschließend stelle ich mich ans Fenster und sehe Liz zu, wie sie im Küchengarten Kräuter und Gemüse erntet. Nach einer Weile klopft es an der Tür.

„Wollen wir auf den Berg gehen? Hast du Lust? Wir haben ja noch Zeit bis zum Essen, es ist erst zehn." Ich habe Lust und Mats borgt mir ein Paar Wanderschuhe seiner Schwester.

Direkt hinter dem Haus führt ein Weg in den kühlen Wald. Es riecht herrlich nach trockenem Holz und an jeder Lichtung schwirren und summen die Bienen über die blühenden Wiesen. Mats ist für seine Verhältnisse richtig still.

„Also bist du auf dem Gutshof aufgewachsen?"

„Ja."

„Gehört Land dazu?"

„Viel sogar. Das meiste ist verpachtet."

„Und habt ihr auch Tiere?"

„Früher schon, als mein Opa noch lebte, aber jetzt nicht mehr."

„Und deine Schwester? Wo ist sie?"

„Sie lebt in England, studiert dort Botanik."

„Und ist sie jünger als du?"

„Ja, drei Jahre."

Sehr ungewohnt, dass er sich alles aus der Nase ziehen lässt, sonst konnte ich mich vor Details kaum retten. Es scheint, als ginge ihm irgendetwas im Kopf herum.

Nach ungefähr zwei Stunden haben wir den Gipfel erreicht und der Weitblick ist einfach unglaublich. Ringsum weitere Gipfel und das Tal eine Miniaturlandschaft, dazu das heutige Kaiserwetter. Ich könnte schreien vor Glück! Ich hatte ganz vergessen, wie sehr ich die Berge liebe.

„Danke, Mats, für dieses Erlebnis! Hier ist es einfach wunderschön!" Ich strahle ihn an.

„Hmm", brummt er nur und gibt sich dann einen Ruck.

„Du, sag mal, was muss ein Mann tun, um zu dir zu gehören? Was muss er sagen oder beweisen? Ich will es wirklich wissen."

Ich spüre, wie mein Lächeln erstirbt. „Ich weiß es nicht", sage ich kleinlaut. Ich weiß es ehrlich nicht. Vielleicht sollte er einfach kein Arzt sein und ich keine Krankenschwester, denke ich und sage: „Ich glaube, ich muss erst mal meine anderen Dinge auf die Reihe kriegen. Vielleicht bin ich einfach noch nicht bereit."

Er nickt und scheint sich damit zufriedenzugeben. Beim Abstieg ist er wieder wie immer, redet und plaudert drauflos und erzählt von den Streichen, die er als Kind ausgeheckt hat.

„Einmal habe ich meine Schwester hier zurückgelassen, weil wir uns gestritten haben, gefesselt an einen Marterpfahl, und bin alleine den ganzen Weg nach Hause gelaufen. Du kannst dir vorstellen, wie erfreut meine Eltern waren. Rosa war vielleicht fünf, sechs Jahre alt. Als wir nach ihr suchten, hatte sie sich längst befreit, saß aber seelenruhig auf der Wiese und untersuchte die Wildblumen. Ich denke ja, das hat den Grundstein gelegt für ihr Interesse an der Botanik, und jeden ihrer Erfolge schreibe ich auf meine Fahnen."

„Und was glaubst du: Kann man einen Siebenschläfer in seinem Kinderzimmer geheim halten oder nicht? Achtung, Spoiler: Es wirkt sich nicht unbedingt positiv auf seine Lebenserwartung und deine Vertrauenswürdigkeit aus!"

Ich muss mehrmals lauthals lachen und werde selbst ganz übermütig. Auf einer großen Wiese kriege ich Lust zu rennen, und während ich mir schon einen ordentlichen Vorsprung erarbeite, schreie ich kindisch „Kriegst mich nicht!" und laufe, so schnell ich kann.

Natürlich holt er mich trotzdem ein, und während er meine Taille umfängt, sagt er atemlos: „Und wenn ich dich kriege, dann gehörst du mir."

Ich lache nur und löse mich von ihm. Was für ein schöner Tag! Ich freue mich nun doch auf die Party! Ein bisschen tanzen, ein paar neue Leute kennenlernen, gutes Essen, Cocktails. Das wird bestimmt nett.

Wir schlendern zurück zum Haus. Es ist schon drei Uhr am Nachmittag. Aus der Küche duftet es herrlich, aber ich höre keine Gäste und in der Auffahrt stehen keine weiteren Autos.

Langsam dämmert mir was: „Mats, bin ich der einzige Gast?" Er macht ein Gesicht wie ein ertapptes Kind.

„Matthias! Das kann nicht dein Ernst sein! Das ist ja superpeinlich vor deinen Eltern! Die müssen ja denken, dass wir ..."

„Gar nichts denken sie. Sie wissen, dass du nur eine Freundin bist."

„Und wie viele Nur-Freundinnen hast du schon nach Hause mitgebracht?"

„Keine bisher."

„Was?! Wieso das denn?"

„Hat sich bisher nicht gelohnt ..."

„Und bei mir lo...? Jetzt mach dich nicht lächerlich! Du kennst mich doch gar nicht! Woher willst du überhaupt wissen, dass wir zusammenpassen?"

Er zuckt die Schultern. „Ich weiß es halt."

Ich schnaube verächtlich durch die Nase und würde am liebsten kehrtmachen und ihn nie, NIE wiedersehen.

Da ruft seine Mutter aus dem Fenster: „Das Essen ist fertig! Kommt ihr?"

ZEHN

Wir ziehen die Wanderschuhe aus und waschen uns schweigend in der Küche die Hände. Als wir endlich etwas betreten am Tisch Platz nehmen, bekommen wir noch das Ende der Diskussion zwischen Mats' Eltern zu hören. Mir war bei unserem Kennenlernen schon aufgefallen, dass Liz eine schöne Frau ist. Ihr hellgraues Haar fällt locker über die Schultern, ihr Blick ist klar und liebevoll. Aber sie scheint auch eine sehr gebildete und energische Frau zu sein.

„Fritz, du willst mir doch nicht weismachen, dass du diesen zum Teil willkürlich aufgestellten Regeln den Vorzug gibst vor der Patientenautonomie. Das kann ich mir nicht vorstellen! Wenn die Medizinethik in den letzten Jahren etwas erreicht hat, dann doch wohl, dass das individuelle Recht auf Selbstbestimmung weitaus mehr Berücksichtigung findet als früher."

Friedrich lehnt sich zurück und nimmt einen Schluck Rotwein. „Du hast wohl recht, Liz, aber lass uns das ein andermal besprechen. Heute will ich hören, wie es unserem Sohn ergangen ist."

Mats lässt sich nicht lange bitten. „Mein Oberarzt hat mich gefragt, ob ich mich auf Kinder- und Jugendchirurgie spezialisieren möchte, da ich bei den kleinen Patienten meist gut ankomme. Ich treibe gerne Späße mit ihnen und die finden mich witzig. Also vermutlich werde ich das Angebot annehmen. Letzte Woche habe ich leider einen Patienten verloren, es war eigentlich ein Routineeingriff, aber er hatte eine unbehandelte Herzschwäche und das Herz hat die OP nicht verkraftet. Man muss dazu sagen, dass er schon über achtzig Jahre alt war, aber es ist natürlich trotzdem eine schlimme Sache. Das war ziemlich hart für mich." Er schluckt. „Zum Glück wurde ich getröstet."

Er sieht gedankenverloren in meine Richtung. Liz, die mir gegenübersitzt, lächelt mir dankbar zu. Friedrich nickt ernst. Ich spüre die Röte langsam in mir aufsteigen, mir wird heiß.

Mats beißt sich auf die Unterlippe und fährt dann lachend fort: „Vorgestern gab es noch eine riesige Verwirrung mit Namensgleichheiten. Ich wollte das Skalpell schon ansetzen, als rauskam, dass man mir den falschen Herrn Gruber vorgelegt hat. Gerade noch rechtzeitig! Glücklicherweise war der in Narkose und hat es nicht mitbekommen ... Und ich habe euch doch schon von Dr. Sobotka erzählt? Der alte Schwerenöter. Vor Kurzem sagte er zu einer OP-Schwester, er würde sie gerne einmal in einem Dirndl sehen, sie habe die passende Oberweite dafür." Er schüttelt den Kopf. „Auch Leni wurde von ihm bereits angemacht. Den nimmt niemand mehr ernst! Man sollte ihn endlich in den Ruhestand schicken!"

Mats' Eltern amüsieren sich. Man sieht ihnen an, wie sehr sie seine Gegenwart und seine Erzählungen genießen. Auch ich kann kaum die Augen von ihm abwenden, obwohl ich immer noch wütend bin. Doch sein Mienenspiel und seine Gestik sind so lebhaft, so anziehend und schlagen mich erneut in seinen Bann.

Doch dann wendet sich Liz an mich: „Magdalena, du darfst dir so etwas nicht gefallen lassen. Ich habe schon oft die Erfahrung gemacht, dass man bellenden Hunden am wirkungsvollsten mit Bellen begegnet."

Ich lächle sie an, bin aber nicht wirklich überzeugt. Wie sollte eine junge Krankenschwester einem alten Primar den Mund verbieten? Das ist doch Utopie und kann sich nur jemand leisten, der einem Arzt ebenbürtig ist. Aber vermutlich weiß in diesem Ärztehaushalt niemand, wie es sich anfühlt, immer eine Stufe darunter zu stehen.

ELF

Das Essen war einfach köstlich und zu viert ist der Tisch schnell abgeräumt. Die Männer begeben sich ins Wohnzimmer und Liz holt den Geburtstagskuchen. Ich biete an zu helfen und folge ihr in die Küche.

„Du bist also auch Ärztin. Was ist denn dein Fachgebiet?", frage ich, um nicht stumm wie ein Fisch hinter ihr zu stehen, während sie mit den Kerzen hantiert.

„Ich bin keine Ärztin. Ich bin Krankenschwester, so wie du. Allerdings auf einer Palliativstation."

„Aber du bist so ... so gebildet! Warum bist du nicht Ärztin geworden?"

„Um keinen Preis der Welt möchte ich etwas anderes sein! Weil wir einfach so verdammt wichtig sind! Uns Schwestern hat es immer gegeben, schon damals, als die Ärzte noch auf den Bäumen hockten. Nenne uns, wie du willst. Kundige, weise Frauen, Kräuterhexen, Ordensfrauen ... einerlei! Wir sind eine jahrhundertealte Schwesternschaft! Wir wiegen weinende Babys, wir halten die Hände der Alten in ihrer letzten Stunde, wir schenken den von Krankheit Gezeichneten die einzigen Berührungen. Operieren kann jeder Roboter und wird es in Zukunft wohl auch tun.

Aber Trost spenden, Hände streicheln, begleiten, das wird er niemals können. Und deshalb wird es uns auch noch geben, wenn die Zunft der Ärzte längst überholt ist. Lass dich nicht täuschen, Mädchen, vom hohen Gehalt, von Titeln und Karrieren. Denn ich habe schon viele Menschen sterben sehen, und eines weiß ich ganz genau: Erst am Ende wird zusammengezählt. Und was, glaubst du, ist unter dem Strich ein erfolgreicheres Leben? Tolle Autos, eine Villa und eine Professur oder unzähligen Menschen beigestanden zu haben in ihrer Angst und Verzweiflung und Einsamkeit? Ich bitte dich – sei stolz auf dich und auf das, was du tust!"

Ich muss schlucken. Ich spüre meinen Puls an der Kehle. Ihre Rede war so feurig wie berührend. Wie sehr hatte ich mir nach Mamas Tod eine Person gewünscht, die mich an die Hand nimmt und mich stärkt, mich mutig und stolz werden lässt. Sie war nicht da. Ich war allein. Und klein. Und jetzt, hier, in dem Elternhaus eines Mannes, den ich kaum kenne? Da spricht diese Frau – und was sie sagt, verändert mich. Wieso hier? Gerade jetzt?

Liz nimmt den Kuchen auf und dreht sich um. „Noch was, Magdalena, es tut mir leid, ich weiß, ich sollte mich nicht einmischen, bitte nimm es mir nicht übel. Aber Matthias ist kein Macho, sonst wäre er nicht mein Sohn. Es gibt bestimmt Gründe, ihn nicht zu lieben, das kann und will ich nicht beurteilen als seine Mutter, doch sein Beruf sollte wirklich keiner davon sein, meinst du nicht? Bringst du die Teller raus? Dann trage ich den Kuchen."

Das sitzt. Wie beschämend. Sie wissen also doch mehr, als Mats zugeben wollte. Der bringt mich ständig in unangenehme Situationen. Ich habe keine Zeit, länger darüber nachzudenken oder unbemerkt in der Erde zu versinken, denn Liz trägt den Kuchen samt brennenden Kerzen hinaus und stimmt Happy Birthday an. Ich nehme also die Teller und Kuchengabeln vom Küchentresen und folge ihr ins Wohnzimmer.

„Alles Gute, mein Schatz! Lass dich drücken!" Liz umarmt ihren Sohn.

„Komm her, mein Junge." Auch Friedrich nimmt ihn in die Arme.

Ich sage schüchtern „Happy birthday, Mats", und mir fällt erst jetzt auf, dass ich gar nicht mehr sauer auf ihn bin.

Da ich noch immer die Teller in den Händen halte, verstreicht der Moment, in dem ich ihn hätte umarmen können. Vermutlich ist es auch besser so, also ungefährlicher, meine ich. Dann schneidet Liz den Kuchen an.

„Weißt du noch, was du dir zum dritten Geburtstag gewünscht hast?", fragt sie.

„Keine Ahnung", erwidert Mats, „vielleicht Lego?"

„Ein Stück Butter und eine Tür!", sprudelt Friedrich hervor.

Mats lacht. „Und habe ich sie bekommen?"

„Klar! So eine liebevoll eingepackte Butter wirst du nie wieder finden und die Tür ziert heute noch den Weinkeller", kichert Liz. „Du kannst sie jederzeit mitnehmen, wenn du sie brauchst."

„Vielleicht mache ich das auch! Eine Kellertür fehlt mir in meiner Zweizimmerwohnung in Wien noch!", scherzt Mats. „Aber andererseits weiß ich nicht, wie ich das mit meinem Gewissen vereinbaren soll. Wenn Papa den Weinkeller nicht mehr zusperren kann, trinkst du ihn doch in einer Woche leer!", zieht er Liz auf.

„Haha! Gemein! Ich bin die Tochter einer Weinbauernfamilie über viele Generationen, vergiss das nicht! In meinen Adern fließt mehr Wein als Blut. Und übrigens, den

Keller kann man wieder auffüllen!", erwidert sie lachend und fährt dann fort: „Apropos Blut, deinen achten Geburtstag haben wir im Krankenhaus gefeiert, weil du doch unbedingt mit selbstgebauten Flügeln von der Ziegenhütte springen musstest."

Mats setzt eine ernsthafte Miene auf. „Ich erinnere mich. Das war aber wirklich nicht meine Schuld. Wenn die Hütte nur einen Meter höher gewesen wäre, hätte es geklappt!"

Friedrich legt Mats lachend eine Hand auf die Schulter und fährt dann feierlich fort: „Was wünschst du dir? Was soll das neue Lebensjahr für dich bereithalten?"

Mats deckt die Hand seines Vaters mit der seinen zu. „Ach, na ja, ich bin bescheiden, du kennst mich. Es soll ganz einfach nur genauso großartig werden wie die letzten siebenundzwanzig!"

Darauf stoßen wir an. Ich beobachte die drei, wie vertraut sie miteinander sind. Wie sich Friedrichs ganzer Körper schüttelt, während er in sich hineinlacht, weil Liz und Mats sich einen humorvollen Schlagabtausch nach dem anderen liefern.

„Mama, erzähl Leni doch mal, was für ein süßes Kind ich gewesen bin, vielleicht mag sie mich dann lieber."

„Äh, ja, wo soll ich anfangen? Sieh dir nur meine grauen Haare an, Leni, dann weißt du Bescheid!"

Ich muss lachen, ich genieße dieses ungekünstelte Beisammensein und werde mit einem Mal traurig. Ich frage mich, ob auch wir so eine Familie gewesen wären, wenn Mama nicht gestorben wäre.

Ich stochere in den Resten meines Kuchenstückes, und als ich aufsehe, bemerke ich, dass Friedrichs Augen auf mir ruhen. Sie sind grün wie die von Mats, nur dunkler. Er lächelt mir zu, warm und aufrichtig. Plötzlich kommt es mir so vor, als hörte ich die beiden anderen nur noch aus der Ferne, wie unter Wasser, als wären er und ich ganz allein.

Unsere Augen saugen sich für einen kurzen Augenblick aneinander fest und hinter seinem Lächeln spüre ich eine tiefe Traurigkeit, schwer wie ein Sack voll Sand. Ich kann sie körperlich spüren. Das treibt mir eine Träne in den Augenwinkel, und damit das keiner sieht, stehe ich auf und trete raus auf die Terrasse.

ZWÖLF

Es ist Abend geworden, die Sonne gerade untergegangen.
Alles ist in blaues, blasses Licht getaucht. Die Grillen auf der
Wiese beginnen hektisch zu zirpen und oben in den Bäumen
sitzen ein paar Vögel und flöten ihr fröhliches Lied. Ich
merke erst jetzt, wie müde ich bin. Sollten wir nicht längst
nach Wien zurückfahren?

Hinter mir höre ich ein Feuerzeug und Friedrich gesellt
sich neben mich an die Brüstung. Er nimmt einen tiefen Zug
von seiner Zigarette und blickt in die Ferne, zeigt schweigend mit dem Finger zum Waldrand, auf den Hügel hinter
dem Haus. Dort steht ein Reh und schaut ins Tal.

„Oh", staune ich. Es verschwindet im bereits finsteren
Wald.

Friedrich lächelt mir zu. „Lass dich von den beiden
nicht beeinflussen! Ich weiß, sie können sehr überzeugend
sein. Liz hat immer schon bekommen, was sie wollte, bis auf
ein einziges Mal, und meinem Sohn, tja, dem ist das meiste
einfach in den Schoß gefallen. Der soll sich mal ordentlich
anstrengen ..." Er zwinkert mir zu und sieht dann wieder
zum Horizont.

Ich betrachte ihn von der Seite, zum ersten Mal sehe ich ihn richtig an. Seine freundliche, aber kritische Bemerkung über Mats bringt mich dazu, ihn nicht mehr nur als seinen Vater, sondern als eigenständigen Menschen, als Mann wahrzunehmen.

Ob Mats mal so aussehen wird wie er? Sie haben ungefähr die gleiche Statur, athletisch, aber ohne trainierte Muskeln. Mats ist etwas größer und sehniger als sein Vater. Friedrichs Haare und Teint sind, wie auch die Augen, etwas dunkler als die von Mats. Ein paar graue Strähnen in den locker in die Stirn fallenden Haaren, ein paar Falten im gebräunten Gesicht. Sonnengebräunt, nicht krankenhausbleich, denke ich und wende mich rasch ab.

Er ist attraktiv. Er sieht eher aus wie ein Surfer als wie ein Landarzt. Und er steht nur so weit von mir entfernt, dass ich sein Parfum oder Aftershave und die Zigarette riechen kann. Er duftet nach Mann, und zwar nach der Sorte Mann, an die ich mich am liebsten anlehnen würde. Darf ich mich hingezogen fühlen zu dem Vater meines ... Freundes?, wollte ich denken. Aber er ist überhaupt nicht mein Freund.

Ich kenne Mats doch gar nicht. Wir haben uns ein paar Mal unterhalten und hatten diesen einen Fehltritt im Dienstzimmer. Abgesehen davon weiß ich nichts über ihn, nichts über sein Innerstes. Er ist lustig und charmant, er bringt mich zum Lachen, er ist gut im Bett. Aber was sind seine Träume, seine Schwächen, seine tiefsten Wunden?

Friedrich dreht sich wieder zu mir. „Du sahst vorhin so traurig aus."

„Du auch", erwidere ich.

Er lächelt. „Menschen wie wir erkennen einander", sagt er bedeutungsvoll.

Wer wir?, will ich fragen. Was meinst du damit?

Doch Mats und Liz treten lachend heraus und drücken uns zwei Gläser Wein in die Hände.

„Schnell, trinken wir noch ein letztes Glas. Ein Gewitter rollt an! Habt ihr die Blitze nicht gesehen? Das wird heftig! So lasse ich euch nicht nach Wien zurückfahren. Ihr schlaft heute hier! Keine Widerrede!" Liz hebt das Glas. „Auf uns!"

DREIZEHN

Ich bin total aufgewühlt. Ich sitze im Bett des Gästezimmers und kann nicht schlafen. An einem einzigen Tag hat sich meine Welt dreimal gedreht, so kommt es mir vor. Ich weiß gar nichts mehr. Weiß nicht, wer ich bin, was meine Prinzipien sind, wo mich das alles hinführen soll.

Das Wetter passt zu meiner Stimmung, alles wird polternd umgeblasen und durcheinandergewirbelt. Jemand klopft an meine Zimmertür. Ich weiß nicht, ob ich hoffen oder fürchten soll, dass Mats dort steht. Oder denke ich an Friedrich?

Doch es ist Liz. „Leni, es gab einen Unfall. Ein Auto ist oben am Waldweg abgerutscht. Die Männer sind schon losgelaufen. Ich fahre jetzt auch mit dem Jeep hinauf."

„Ich komme mit!", rufe ich, springe aus dem Bett, greife mir Rosas Bergschuhe und schlüpfe hinein.

Es schüttet immer noch aus Kübeln. Rosas sommerlicher Mickymaus-Pyjama, den Liz mir zum Schlafen hingelegt hat, ist bereits nass, als ich die kurze Strecke zum Auto laufe. Da ich nicht geplant habe, hier zu übernachten, habe ich nicht einmal eine Jacke zum Überziehen dabei, mein weißes Kleid wäre in diesem Fall noch unpraktischer als der Pyjama.

Auf der Fahrt binde ich die Schuhe ordentlich zu. Liz streicht sich die nassen Haare aus dem Gesicht und kneift die Augen zusammen, um den Weg durch den Regen besser erkennen zu können. Im Wald ist die Sicht etwas besser.

Als wir auf die Lichtung kommen, sehen wir, dass die halbe Straße von einer Mure weggespült wurde und ein Geländewagen rauchend und zum Teil von Erdmassen bedeckt auf dem Dach liegt. Es ist stockfinster, nur die Scheinwerfer des Unfallautos leuchten gespenstisch auf die gegenüberliegende Baumreihe.

Liz lässt den Jeep auf der noch intakten Fahrbahn stehen und drückt mir eine Taschenlampe in die Hand. Das letzte Stück laufen wir und treffen zur gleichen Zeit am Unfallort ein wie Mats und Friedrich, die schnaufend über die Wiese heraufkommen.

Friedrich nimmt mir die Taschenlampe aus der Hand und leuchtet in den Wagen. „Johann! Hörst du mich? Johann?"

„Ja. Ja, hier! Hol mich raus, Fritz! Mein Bein!" Der Mann stöhnt auf.

Mats reißt mit aller Kraft an der verbogenen Tür und nach einer Weile gibt sie nach und öffnet sich. Er und Friedrich ziehen den verletzten Mann nach draußen, Liz hält einen Regenschirm über sie, während Friedrich sich sein Bein ansieht. Es ist böse gequetscht und blutet stark.

„Gut, dass du uns angerufen hast, Johann! Bis der Rettungswagen hier draußen ist, können Stunden vergehen. Komm, wir bringen dich jetzt in die Praxis, damit ich mir das genauer ansehen kann", verkündet Friedrich.

Und Liz fragt: „Was wolltest du denn noch hier draußen?"

„Meine Ziegen! Ich muss zu meinen Ziegen!", wimmert Johann. „Wenn ich sie bei dem Gewitter nicht in die Hütte bringe, sind sie morgen früh in alle Winde zerstreut! Die finde ich nie wieder!" Er stöhnt wieder auf vor Schmerz.

Liz und Mats wechseln einen kurzen Blick, er nickt.

Dann sagt Liz: „Mats und Leni kümmern sich um deine Ziegen, Johann! Du fährst jetzt mit uns." Zu dritt tragen sie den alten Bauern zum Jeep hinunter, ich versuche, mit Schirm und Lampe behilflich zu sein.

Als sich die Scheinwerfer des Jeeps entfernen, sehen Mats und ich uns schweigend an. Ich gebe ihm die Taschenlampe. Dann drehen wir uns um und stapfen weiter die aufgeweichte Wiese hoch. Immer noch tobt das Gewitter über uns. Es ist nicht kalt, die Nässe spüre ich kaum, viel größer ist die Angst vor einem Blitzschlag hier im Wald.

Wir stapfen und stapfen durch den Matsch und stolpern immer wieder über Wurzeln oder Unebenheiten, die aufgrund des Regens und der Dunkelheit schwer zu erkennen sind. Nach einer Ewigkeit zeigt Mats endlich mit dem Finger in Richtung einer Hütte. Ringsum versuchen einige Ziegen, Schutz unter den Bäumen zu finden, ein paar davon sind regelrecht in Panik, man kann das Weiße ihrer Augen sehen.

„Wie viele müssen es denn sein?", schreie ich gegen den Wind.

„Dreißig, sagte er!"

„Na dann los!"

Ich hatte noch nie näheren Kontakt zu Ziegen, außer als Kind im Streichelzoo mit meiner Mutter, doch sie scheinen dankbar zu sein, dass sich jemand ihrer annimmt, und lassen sich ohne Probleme in die Hütte führen. Nur zwei Zicklein suchen verzweifelt nach ihren Müttern und laufen laut meckernd vor uns davon.

Nach einigen missglückten Versuchen schnappt Mats sich endlich das kleinere und trägt es kurzerhand unter den Arm geklemmt zur Hütte. Ich wähle eine andere Strategie, schneide dem übrig gebliebenen Tier den Weg ab und treibe es laut rufend und wild gestikulierend zum Ziel.

Als endlich alle beisammen im Trockenen stehen, spüre ich die Erschöpfung in jeder einzelnen Zelle meines Körpers. „Mats, heute Nacht gehe ich keinen Schritt mehr weiter. Tut mir leid, aber du musst mich hierlassen."

Ich drehe mich zu ihm um, doch er ist schon dabei, sich die nassen Kleider auszuziehen. Vollkommen ohne Scham steht er splitternackt vor mir. Ich schlage die Augen nieder.

„Nichts, was du nicht schon gesehen hättest ...", meint er schulterzuckend. „Hier sind Decken. Die stinken zwar, aber sie sind trocken und warm, du solltest wirklich die nassen Klamotten loswerden."

Er reicht mir eine davon. Mich friert tatsächlich, jetzt, wo die Anspannung und die Anstrengung von mir abfallen. Ich lege mir eine Decke um die Schultern und ziehe mich darunter aus. Dann wickle ich sie straff um meinen Körper und sehe mich nach einem Schlafplatz um.

„Hier oben!", ruft Mats.

Eine lange Leiter führt hinauf auf den Heuboden. Etwas beschwerlich, da von der Decke behindert, klettere ich hinauf. Mit zittrigen Knien von der Anstrengung, und auf keinen Fall aufgrund der Aufregung, erreiche ich den Boden unter dem Dach. Mats versucht gar nicht erst, sich das Grinsen zu verkneifen, als er sieht, wie unbeholfen ich nach oben komme. Er hat bereits aus Heu zwei Liegeflächen gebaut, mit etwas Abstand zueinander, wie ich erleichtert feststelle.

Der Regen trommelt immer noch auf das Dach. Hier

oben ist es dampfig warm von der Herde, die unter uns schläft, und es riecht nach nassem Fell und modrigen Decken. Aber nicht nur, sondern auch nach herrlich duftendem Heu und nicht mehr ganz so unbekanntem Mann. Hastig lege ich mich hin und drehe ihm den Rücken zu.

Dann wispere ich: „Gute Nacht." Seine Antwort kriege ich schon nicht mehr mit, denn ich falle sofort in einen komatösen Schlaf.

VIERZEHN

Ich erwache, weil das Geraschel und Getrampel sowie ein leises Mäh unter mir erahnen lassen, dass die Ziegen aufgestanden sind. Mats schläft tief, ruhig und lautlos. Noch nie hatte ich Gelegenheit, ihn so unverhohlen betrachten zu können. Die kleine Narbe unter seinem Auge, die geschwungenen Lippen, auf die er manchmal beißt, wenn ihm etwas Lustiges einfällt, das kantige Kinn. Seine kräftigen blonden Haare mit leicht rötlichem Schimmer und helleren Strähnen von der Sonne, die dunklen Härchen an seinen Armen und Beinen.

Sein Brustkorb hebt und senkt sich im Rhythmus seines Atems. Der Friede in seinem Gesicht rührt mich an. Ich möchte so gerne mit dem Finger die Konturen seiner Wangenknochen nachzeichnen und dann weiter hinunter über sein Brustbein fahren. Er ist so verdammt sexy und so verdammt selbstbewusst, wenn er wach ist. Im Schlaf wirkt er verletzlicher.

Am liebsten würde ich ihn wach küssen. Ich rutsche ein bisschen näher, doch das Heu raschelt so sehr, dass ich befürchte, er schlägt die Augen auf, während ich ihn anstarre. Das ist mir peinlich. Und außerdem, Sex auf dem

Heuboden einer Almhütte? Das ist noch um ein Vielfaches klischeehafter als ein Stelldichein im Dienstzimmer. Da verzichte ich lieber! Wenn ich nicht mit eigenen Augen gesehen hätte, dass Bauer Johann wirklich verletzt ist, würde ich denken, Mats hätte das alles geplant. Aber das ist es wohl, was Friedrich gemeint hat. Mats fällt vieles einfach in den Schoß, sogar die romantischsten Gelegenheiten, um ein Mädchen zu verführen.

Ich stehe leise auf und klettere nackt die Leiter hinunter. Rosas Pyjama ist nicht ganz trocken, aber ich ziehe ihn an. Dann öffne ich die Tür und lasse die Ziegen hinaus auf die Almwiese. Draußen ist die Welt noch nass, tausend Tropfen hängen von den Nadeln der Tannen. Die Wiese glitzert in zarten Regenbogenfarben und es tut mir richtig leid, dieses Kunstwerk zu zerstören, als ich darüber gehe.

Die Morgensonne strahlt von einem wolkenlosen Himmel. Ich setze mich auf einen großen sonnen- beschienenen Stein, der einen zauberhaften Blick ins Tal und auf Mats' Elternhaus, umrahmt von einem Kranz aus Laubbäumen, gewährt, und lasse mich von der Sonne wärmen.

Sosehr ich es auch versuche, ich kann nicht verhindern, dass meine Gedanken zurück zu Mats wandern. Warum kann ich mir eigentlich eine Beziehung mit ihm nicht vorstellen? Haben wir denn nicht schon längst eine? Ich meine, ich wollte ihn trösten, als er traurig war, wir hatten Sex, wir sind gemeinsam aufs Land gefahren, haben einen Berg bestiegen und Zeit mit seinen Eltern verbracht. Wir haben zusammen gegessen, nebeneinander geschlafen, haben einen Mann gerettet und dessen Ziegen noch dazu. Wir haben gelacht und geschwiegen und sogar ein wenig gestritten. Und all das hat sich so natürlich angefühlt, als hätten wir es bereits viel öfter getan. Das klingt wie eine

Beziehung. Das Einzige, das es nicht zu einer macht, ist meine Weigerung.

„Hey!" Mats kommt dazu, wieder angezogen. „Was für eine Nacht!" Er rubbelt sich durch die Haare. Stumm sehen wir an uns herunter. Wir haben schlammbespritze Waden und fleckige Kleidung. Meine Locken sind verfilzt und überall juckt es vom Heu; oder hatten die Ziegen etwa Flöhe? Unwillkürlich muss ich mich kratzen. Mats mustert mich von oben bis unten. Dann bricht er in schallendes Gelächter aus.

„Wie fies!" Ich boxe ihm in den Bauch. „Du siehst auch nicht besser aus!"

Er hält meine Fäuste fest, nein, nicht fest, ganz locker. Und zieht mich näher an sich heran. Dann lässt er sie los und legt die Arme um meinen Rücken. Meine Hände, die immer noch in Höhe seiner Brust schweben, wandern automatisch höher und umfassen sein Gesicht. Ich betaste seine Wangen, an denen sich heute Morgen kleine Stoppeln zeigen. Ich streiche über seine Stirn und Schläfen, er schließt die Augen. Ich fahre mit dem Daumen den Schwung seiner Lippen nach. Dann grabe ich die Finger in sein Haar am Hinterkopf und drücke seinen Kopf zu mir herunter.

Der Kuss verläuft wie in Zeitlupe, ganz sanft, ganz weich pressen sich unsere Lippen aneinander. Mehrere Atemzüge bleiben wir so stehen und mein Herz klopft poch, poch, poch. Ich wünschte, es würde niemals enden. Als unsere Lippen sich öffnen, damit unsere Zungen einander finden können, fahren wir lachend auseinander. Iii!

„Lass uns schnell die Zähne putzen gehen!", prustet Mats.

„Und duschen!", kichere ich.

Ein Blick zurück. Den Ziegen geht es bestens. Wir

machen uns an den Abstieg.

„Fahren wir dann nach Wien zurück?", frage ich. „Ich habe heute Nachtdienst ..."

„Ja, ich fahre dich dann. Ich muss eh noch einmal in die Klinik."

„Was heißt noch einmal? Arbeitest du diese Woche nicht?"

„Ich werde meine Kündigung einreichen."

„Hast du ein besseres Angebot bekommen?"

„Nein, ich werde hier leben und die Praxis meines Vaters übernehmen. Er ist krank. Er hat es mir gestern Abend gesagt."

„Was meinst du mit krank? Er sieht doch blendend aus."

„Ja, jetzt. Es ist die Bauchspeicheldrüse. Es haben sich bereits Metastasen gebildet. Er hat vielleicht noch ein paar Monate."

Ich bleibe stehen, Mats geht einige Schritte, dann kommt er zurück. Er stellt sich vor mich hin, ohne mir in die Augen zu sehen. Ich will ihn umarmen, doch er schüttelt mich ab.

„Er ist noch nicht tot", zischt er.

Den restlichen Weg schweigen wir. Es fällt mir schwer, etwas zu sagen, denn ich erinnere mich, dass ich alle Kommentare, auch die liebevollsten, nach dem Tod meiner Mutter gehasst habe. Aber ja, Friedrich ist noch nicht tot. Im Gegenteil.

Als wir in den Garten kommen, spielen Liz und er eine Partie Tischtennis.

Er grinst uns an. „Na, wie geht's den Ziegen? Riechen die auch so streng wie ihr?"

Liz lacht auf. „Ich mache euch Frühstück! Ihr müsst

halb verhungert sein! Leni, nimm dir gerne noch ein Kleid aus Rosas Schrank!"

FÜNFZEHN

Ach, wie herrlich ist so eine Dusche, und erst die Zahn-pasta! Ich fühle mich wie ein neuer Mensch und lasse meine Locken an der Luft trocknen. Ich borge mir von Rosa ein hellblaues, durchgeknöpftes Leinenkleid mit Gürtel. Auf der Treppe treffe ich auf Mats. Er hat T-Shirt und Shorts gegen hellblaue Chinos und ein weißes Hemd getauscht.

„Haben wir uns abgesprochen?", sagt er grinsend und sieht wieder fröhlich aus.

Liz hat für uns auf der Terrasse gedeckt und so können wir ihnen beim Tischtennis zusehen, während wir frühstü-cken. Danach spielen wir zu viert. Erst Friedrich und ich gegen Mats und Liz. Doch ich bin Friedrich gegenüber zu schüchtern und habe Angst, ihm zu nahe zu kommen, also verlieren wir. Dann spielen Mats und ich gegen seine Eltern, und was soll ich sagen, wir sind ein tolles Team und gewin-nen haushoch.

Beim Abschied umarmt mich Liz. „Auf Wiedersehen, Leni! Komm uns bald wieder besuchen! Ja?"

„O Liz, vielen Dank für dieses schöne Wochenende und eure Gastfreundschaft. Ich habe mich bei euch sehr wohl gefühlt."

Friedrich drückt mir lange die Hand, und wieder spüre ich ein Ziehen zu ihm hin, das ich nicht einzuordnen weiß.

„Es hat mich sehr gefreut, Magdalena. Ich hoffe, wir sehen uns wieder."

In dem Wissen um seine Erkrankung hört sich diese Floskel für mich wie ein Gebet an. Ich sehe zu Mats rüber, doch sein Gesicht lässt keine Regung erkennen. Wir steigen in den Golf und ich winke zum Abschied, bis ich sie nicht mehr erkennen kann. Dann drehe ich mich nach vorn und blicke rüber zu Mats.

Eine ganze Weile schaue ich ihn von der Seite an, doch er sagt nichts, tut so, als müsste er sich auf die Straße konzentrieren, dabei bin ich mir sicher, dass er Quasseln und Autofahren gleichzeitig beherrscht.

„Fahr doch bitte beim nächsten Parkplatz raus", sage ich, während wir schon über die Autobahn brettern.

Es dauert nur wenige Minuten, bis wir an einem blauen Schild vorbeikommen. Ein paar hundert Meter weiter hält er an und sieht fragend zu mir. Ich klettere rüber und setze mich auf seinen Schoß. Er ist überrascht, doch erfreut, wie ich in seiner Hose spüren kann. Das Blut rauscht in meinen Ohren, während ich ohne Eile den Gürtel öffne, das Kleid vorne aufknöpfe und seine Hände auf meine Brüste lege. Er schuldet mir noch einen Kuss und diesmal schmeckt er köstlich.

„Komm", sage ich.

Wir klettern auf die Rückbank und schlafen mit- einander, langsam und in aller Ruhe, ohne Hektik. Niemand sieht uns und niemand wartet auf uns.

„Das hättest du auch romantischer haben können", sagt er dann grinsend und klettert ebenfalls wieder nach vorne.

„Wiese, Almhütte, Dusche", zählt er auf. „Mein altes Kinderzimmer", fügt er lachend hinzu.

„Romantik ist voll überbewertet", erwidere ich, während ich die letzten Knöpfe schließe, „aber Trauer ist es nicht. Wie geht es dir mit der Diagnose deines Vaters?"

„Wie soll es mir schon gehen? Lass mich bitte in Ruhe selbst damit fertigwerden", brummt er abweisend.

„Ich wusste es! Du bist genau so ein toter Chirurg wie mein Vater! Du willst nicht darüber reden? Idiotisch! Du kannst nicht weinen? Beschissen! Du willst keine Schwäche zeigen? Armselig! Ich will so einen Mann nicht. Der keine Gefühle hat. Der alles Negative einfach weglacht und unter den Teppich kehrt. Ich ..."

Er unterbricht mich wütend, schreit mich an: „Du willst mich ja sowieso nicht! Du hast doch längst eine vorgefertigte Meinung und nichts und niemand kann dich davon abbringen! Anscheinend gefällst du dir als unergründliche Melancholikerin, du willst doch unglücklich sein! Bitte, von mir aus! Dann sei es! Aber dann akzeptiere auch, dass es Menschen gibt, die gerne glücklich sind und sich auf das Schöne im Leben konzentrieren wollen. Verdammt noch mal! Ich fahre jetzt weiter. Das bringt echt nichts!"

Wutentbrannt startet er den Motor und reißt das Steuer herum. Ich sehe aus dem Fenster und beiße mir auf die Lippe. Typisch! Wut und Flucht. Warum wundert mich das nicht? Es sind eben wirklich alle Ärzte gleich!

Den ersten Teil der Fahrt schwelge ich in Selbstmitleid und fühle mich ungerecht behandelt, ja zutiefst missverstanden. Was glaubt der eigentlich? Mich zu kennen? Dass ich gerne unglücklich bin? Der spinnt ja! Ich bin halt nicht so oberflächlich und gefühllos wie er. Oder wie die meisten. Na und? Dann bin ich eben so!

Den zweiten Teil der Fahrt verbringe ich mit Gewissensbissen und Selbstvorwürfen. Sein Vater wird bald an einer der aggressivsten Krebsarten sterben und er muss hilflos zusehen. Und ich mache ihm Vorhaltungen? Verdammt, wie unsensibel kann man sein?

Ab der Wiener Stadtgrenze werde ich immer unruhiger. Ich muss etwas sagen, nur wie und was? Sonntagnachmittag ist nur wenig Verkehr, es dauert also nicht lange, bis er vor meinem Wohnhaus hält. Er sieht starr und beleidigt aus dem Fenster.

Zögerlich steige ich aus, überwinde mich endlich und beuge mich noch einmal hinein. „Es ... Es tut mir leid, Mats, was ich gesagt habe, bitte verzeih m..."

Da streckt er sich rüber und zieht gewaltsam von innen die Tür zu. Ich kann gerade noch einen Schritt zurückmachen, um zu verhindern, dass meine Haare eingeklemmt werden, da braust er schon hollywoodreif mit quietschenden Reifen davon.

Sprachlos bleibe ich auf der Fahrbahn zurück und sehe ihm nach, bis ich von einem fremden Auto angehupt werde. Erschrocken springe ich auf den Gehsteig, fahre rauf in meine Wohnung, verkrieche mich im Bett und heule mir die Augen aus.

SECHZEHN

Ein paar Stunden und eine Yogaeinheit später sind alle meine Tränen getrocknet, ich bin ganz ruhig. Ich stehe auf und mache mich für den Dienst fertig. Sonntagabend ist es meistens ruhiger bei uns. Zumindest gibt es keine geplanten Kaiserschnitte, das erledigen die Ärzte lieber wochentags.

Iris wartet schon auf mich und weist mich ein. Nach der Übergabe fragt sie mich, ob ich sie an unserem nächsten gemeinsamen freien Tag ins Krapfenwaldbad begleite. Sie ist wieder Single und möchte nicht alleine gehen.

Ich sage gerne zu, in diesem Sommer war ich noch kein einziges Mal dort und Iris ist eine angenehme Begleitung. In meiner Schublade im Stationszimmer finde ich die jährliche obligatorische Postkarte meines Vaters, der drei Wochen im August traditionell auf seinem Segelschiff verbringt. So weit fühlt sich alles an wie immer.

Mit dem Unterschied, dass ich einen der Ärzte hier plötzlich besser kenne, als mir lieb ist. Ich weiß, wie er nackt aussieht und wie zärtlich er sein kann. Ich kenne seine Eltern und den Ort, an dem er aufgewachsen ist. Ich habe erfahren, dass sein Vater todkrank ist, und auch, dass er einfach ein glückliches Leben führen will, vielleicht sogar mit mir. Doch halt, dieser Arzt ist ja gar nicht mehr hier.

Iris schickt mich als Erstes in Zimmer 410. Bei der Geburt gab es Komplikationen, das Kind steckte fest und konnte lange Zeit weder vor noch zurück. Die Mutter hat viel Blut verloren und muss in kurzen Abständen überwacht werden.

Im Zimmer ist es dämmrig, doch nicht dunkel. Ich sehe nach der Blutung, die Einlagen sind bereits vollkommen durchnässt.

„Wie geht es Ihnen?", frage ich behutsam, denn die Patientin hebt nur ganz langsam ihre Lider.

Sie scheint völlig erschöpft zu sein. Doch als ich in ihre Augen blicke, durchfährt mich das gleiche Ziehen im Bauch, die Traurigkeit, die sich schwer auf meine Schultern legt, wie vor gerade mal einem Tag mit Friedrich. Was ist nur los mit mir? Seit wann spüre ich fremde Traurigkeit so intensiv? Egal, ich bin wohl einfach sehr emotional momentan.

Ich haste zum Stationszimmer zurück und rufe den diensthabenden Gynäkologen an. Die Blutung ist zu stark. Sie wird wieder in den OP gebracht. Zurück kommt nur das leere Bett. Sie hat es nicht geschafft.

Ich stehe im Kinderzimmer an der Wiege ihres neugeborenen Sohnes und betrachte sein ruhig schlafendes Gesicht. Er sieht so zufrieden aus. Er kann nicht ahnen, was soeben geschehen ist, dass er nun ohne Mutter ist, so wie ich. Der einzige Unterschied zwischen uns liegt darin, dass er sich nicht einmal an sie erinnern wird.

Und ich komme nicht umhin, mich zu fragen, ob es wohl besser ist, etwas nie gekannt zu haben und somit auch nicht zu vermissen. Oder doch lieber, wenn auch nur für eine Weile, das Glück kennenzulernen, auch wenn die

Erinnerung daran dann für immer schmerzt. Ich finde keine Antwort. Und wer sagt eigentlich, dass man nicht genauso vermissen kann, was man nie kennengelernt hat?

Sein Gesichtchen ist rosig zerknautscht, seine winzigen Hände liegen leicht geöffnet da, sind nicht zu Fäusten geballt wie meine. Wie froh ich bin, nicht der Arzt zu sein, der dem jungen Vater diese Nachricht überbringen muss. Wie froh ich bin, nicht der Arzt zu sein, der sie nicht retten konnte. Ich denke wieder an Mats und wie er seinen ersten Patienten verlor. Ich denke wieder an Papa.

SIEBZEHN

Zwei Tage später holt Iris mich ab und wir fahren hinauf ins Krapfenwaldbad. Das Bad ist eines der schönsten und höchsten in Wien. Es liegt eingebettet in einen malerischen Föhrenwald und bietet einen atemberaubenden Blick auf die Stadt, junges Publikum, alten Baumbestand und urige denkmalgeschützte Umkleidekabinen. Wir suchen uns ein freies Sonnendeck aus und breiten unsere Badetücher darauf aus.

Iris will gleich ins Wasser und ich habe mir Unterlagen zum Lernen mitgebracht. Es sind nur mehr ein paar Tage bis zur Aufnahmeprüfung und ich will noch ein paar Kapitel wiederholen.

Ich lerne fünfundzwanzig Minuten, dann wird mir heiß. Ich springe in das Becken, das unserem Liegeplatz am nächsten liegt, um mich abzukühlen und mich nach Iris umzusehen, kann sie aber nirgends entdecken. Dann stelle ich mich am Kiosk an und kaufe zwei Flaschen Wasser. Als ich zum Liegeplatz zurückschlendere, ruft jemand meinen Namen.

Er steht auf und läuft zu mir: „Leni, bist du das?"

„Gregor! Das gibt's doch nicht! Wir haben uns ja ewig nicht getroffen!" Ah, tut das gut, ihn wiederzusehen! Ich umarme ihn übermütig, was sich ein wenig seltsam anfühlt in Badeklamotten, denn so nah, so Haut an Haut, waren wir uns nie gekommen.

Und dennoch! Gregor und ich haben Geschichte! Er ging in meine Parallelklasse und gab mir mit zwölf meinen ersten Zungenkuss. Das war, kurz bevor meine Mutter starb. Mit vierzehn dann verliebten wir uns wieder ineinander. Ein paar Freunde, die uns das gegenseitig zutuschelten. Ein paar Briefchen ausgetauscht in den Pausen. Ein „Willst du mit mir gehen?", und zack war man das neue große Liebespaar der Unterstufe. So einfach war das damals.

Was nicht so einfach war, war die Aufgabe, auch ein Liebespaar zu bleiben, und zwar trotz der Herausforderungen, die das Leben eines Teenagers so besonders machen. Da standen erwachende sexuelle Begierden ebenso starken Unsicherheiten gegenüber, waren sie nun körperlicher, gesellschaftlicher oder gar performanceorientierter Natur. Um es deutlicher auszudrücken: War man schön genug, beliebt genug und konnte man es im Bett überhaupt bringen?

Da war stets die Sorge verletzt zu werden, zu viel oder zu wenig von sich preiszugeben, vielleicht zum Gespött der Schule zu werden. Da musste die eigene Art, eine Partnerschaft zu führen, erst einmal gefunden werden, hatten wir doch nur die Beziehung unserer Eltern oder bruchstückhafte Vorstellungen aus Büchern oder Filmen, die wir als Vorbilder heranziehen konnten.

Aber Gregor war tatsächlich meine erste große Liebe. Die, die richtig weh tat, als es vorbei war. Für den ich

Gedichte schrieb und ihm auch vorlas, obwohl wir uns längst getrennt hatten. Von dem mir gemeinsame Freunde verrieten, dass er mich immer noch liebe, aber es unmöglich sei. Alles in allem ein richtig schmalziges Teeniedrama.

Manchmal, ganz selten nur, da habe ich mich schon gefragt, was aus ihm geworden ist und ob er mich immer noch liebt. Und manchmal nur, ganz selten, da habe ich mir vorgestellt, wie es wohl gewesen wäre, wenn ich damals nicht solche Hemmungen gehabt hätte. Wie wäre mein erstes Mal mit ihm verlaufen? Und wären wir dann heute noch zusammen?

Gregor begleitet mich zu meinem Liegeplatz, setzt sich daneben ins Gras, zündet sich eine Zigarette an. Er sieht gut aus, erwachsen, in sich ruhend. Er ist nicht mehr der Junge von damals.

Doch seine dunklen kurzen Locken und die Sommersprossen auf der Nase, die bernsteinfarbenen Augen sind die gleichen geblieben. Auch seine sanfte, ruhige Art und das leise Lachen erinnern mich sofort an unsere gemeinsame Zeit. Iris kommt dazu und wir beginnen damit, uns neugierig auszufragen.

„Gregor, was hast du denn nach der Unterstufe gemacht? Zeichnest du immer noch so gerne?", will ich wissen.

„Ja, ich war auf der Grafischen – also der Höheren Lehranstalt für Grafik und Kommunikationsdesign – und bin jetzt Grafiker in einer Werbeagentur. Und du?"

„Ich bin Kinderkrankenschwester auf einer Entbindungsstation. Iris ist meine Kollegin, also meine liebste Kollegin! Hast du noch Kontakt zu anderen aus der Schule?"

„Ja, mit den Jungs treffe ich mich noch regelmäßig. Du

wirst es nicht glauben, aber Julian ist schon verheiratet und hat ein Kind und Alex und Nora sind jetzt ein Paar, die konnten sich früher ja überhaupt nicht ausstehen! Was ist denn aus deiner Freundin Lisa geworden? Sie war immer ein bisschen – na sagen wir – speziell."

„Lisa ist am Max Reinhardt Seminar und versucht alles, um als Schauspielerin Fuß zu fassen. Vermutlich geht sie bald nach Berlin ..."

„Ja, das passt zu ihr!" Gregor nickt und fügt wie beiläufig hinzu: „Und bist du gerade in einer Beziehung?"

Jetzt hat er mich kalt erwischt. „Ich, ähm, nein", stammle ich und versuche zu lächeln. Es gelingt nur miserabel, befürchte ich.

„Ich auch nicht." Sein Lächeln sieht authentisch aus. Er klopft sich eine Zigarette aus dem Päckchen, bietet uns eine an. Ich lehne dankend ab, habe, seitdem ich vierzehn war, nicht mehr geraucht. Doch Iris setzt sich neben ihn auf die Wiese und greift zu.

„Und ich bin, wie der Zufall es so will, ebenfalls gerade Single." Sie lacht glockenhell und das klingt sogar für meine Ohren verheißungsvoll.

Ich vermute, sie hat ein Auge auf Gregor geworfen, denn während sie ihm eine Hand auf den gebräunten Unterarm legt, fragt sie: „Fahrt ihr nachher noch mit mir in einen Club? Ich habe riesige Lust zu tanzen! Was sagt ihr? Hast du Zeit, Gregor?" Mit unschuldigen Rehäuglein guckt sie ihn an. Ich muss mir ein Grinsen verkneifen.

Gregor wirft einen erfreuten Blick auf mich und ruft: „Klar! Voll gerne! Nicht wahr, Leni? Wir sollten unbedingt tanzen gehen! Sag jetzt nicht Nein!" Beide strahlen mich an.

Ich muss lachen: „Also schön! Das Lernen kann ich heute sowieso vergessen! Dann mache ich eben morgen weiter. Ihr habt mich überzeugt."

Gregor holt seine Freunde von der unteren Liegewiese und zu sechst machen wir uns gutgelaunt auf den Weg in die Disco. Jemand schlägt die *Grelle Forelle* am Donaukanal vor, doch da wir keine Gelegenheit haben, uns umzuziehen, entscheiden wir uns für das benachbarte *Werk*. Da ist es total egal, wie man aufkreuzt.

Wir sind noch etwas zu früh dran und alle haben Hunger, also machen wir auf halber Strecke halt bei einem der unzähligen traditionsreichen Heurigen in Grinzing.

Die Stimmung ist gelöst, Iris blödelt mit den Jungs. „Was? Fotos? Ja, klar! Lasst uns Selfies schießen! Ich mache eines mit jedem von euch, dann können wir vergleichen, welcher von euch am besten zu mir passt!"

„He, Iris, es kommt nicht immer auf die Optik an! Ich habe da beispielsweise andere Qualitäten."

„Ach so, und die wären?"

„Die Technik natürlich! Ich bin Student an der Technischen Universität, kann dir jederzeit das Bügeleisen reparieren oder von mir aus auch die Waschmaschine ..." Er grinst breit.

Iris klatscht prustend in die Hände. „Hahaha, ich bin beeindruckt." Dann wendet sie sich an den Nächsten: „Und was kannst du so?"

„Ich? Ich arbeite in der Sternwarte. Kann dir jedes einzelne Sternbild erklären. Du musst nur einmal nachts zu mir kommen, dann zeige ich dir mein überdimensionales Teleskop."

Iris kichert und zwinkert ihm zu. „Ja, klar! Diese Sternenkonstellationen würden mich ungemein interessieren ... Und was sind deine Stärken?", fragt sie den Dritten im Bunde.

„Meine Stärken? Ich dachte, wir machen jetzt Selfies! Dann wirst du meine Stärken schon erkennen! Zeig mal. Ist das dein Freund da mit dir auf dem Display?"

„Mein Exfreund." Sie verdreht die Augen.

„Da muss ganz schnell ein neues Foto drauf! Komm her, Süße! Cheese!"

Nach dem heißen Badetag fließt der weiße Gespritzte in Strömen. Wir holen uns von drinnen herrlich krachendes Backhendl und Kümmelbraten mit dicker Kruste. Trotz des deftigen Essens wird mir immer schummriger, ich bin so viel Alkohol einfach nicht gewohnt.

Als die anderen zum Aufbruch drängen, will ich lieber noch hier sitzen bleiben. Gregor bietet ritterlich an, bei mir zu bleiben. Iris zieht erst ein enttäuschtes Gesicht, doch besinnt sich dann, dass sie nun drei Begleiter ganz für sich alleine hat, und zieht mit ihnen ab.

ACHTZEHN

Als es still um uns wird, verschwindet die ausgelassene Stimmung, weicht einer eigenartigen Beklemmung und ich bereue es sofort, mit Gregor alleine hiergeblieben zu sein. Im Freibad bei Tageslicht und mit einem Meter Abstand zueinander war es ganz normal und ungezwungen. Doch jetzt hier bei Nacht in dieser lauschigen Ecke einer mit Efeu bewachsenen Laube und unsere Gesichter gerade mal zwei Handbreit voneinander entfernt, da fühlt es sich einfach nicht richtig an. Und das ist nicht nur der Alkohol.

Mir kommt es vor, als würde ich Mats betrügen, und ich sehe mich argwöhnisch um, in der Angst, von einem bekannten Gesicht aus dem Krankenhaus ertappt zu werden. Niemand da. Gregor schenkt mir Wasser nach, weil er merkt, wie durch den Wind ich bin.

„Ich habe mir damals Sorgen um dich gemacht, weißt du?", beginnt er.

„Ach ja? Und deshalb bist du gleich nach unserer Trennung mit dieser Spanierin zusammengekommen?"

„Nimmst du mir das jetzt noch übel? Du hast mich ja nicht an dich herangelassen, also emotional, meine ich."

„Hm ... Gregor?"

„Ja?"

„Sag mal, findest du, dass ich gerne unglücklich bin? Dass ich mir in dieser Rolle gefalle?"

„Kann schon sein. Du hast dir jedenfalls nicht helfen lassen. Von mir zumindest nicht, dabei wäre ich gerne für dich da gewesen."

„Ich denke, ich konnte dir nicht vertrauen, hatte Angst, dass du mich enttäuschst."

Er schüttelt langsam den Kopf und schaut mir tief, tiefer, am tiefsten in die Augen, streicht mir eine gelockte Haarsträhne aus dem Gesicht. Mein Körper prickelt und ein leichter Schauer läuft mir über den Rücken. Soll es passieren? Holen wir nach, was wir verpasst haben? Doch der Schauer verfliegt und das war es dann irgendwie auch schon.

Ich bin keine vierzehn mehr. Ich habe einige interessante Männer getroffen, ich habe Mats getroffen. Und der wahre Grund, warum ich mich von Gregor getrennt hatte, fällt mir urplötzlich wieder ein. Der wahre Grund war, dass er mir einfach zu leise war. Zu schweigsam, zu melancholisch, als dass er mich aus meiner eigenen stets präsenten Wehmut herausholen hätte können.

Die Kellnerin kommt vorbei. Ich rufe: „Zahlen bitte!"

Sie nimmt den Zettel aus dem Weinbecher und rechnet ab. Gregor und ich teilen uns die Rechnung. Zu Fuß und etwas wortkarg wandern wir hinunter zur Straßenbahn. Ich will noch nicht nach Hause, will nicht über Mats nachdenken müssen.

„Fahren wir noch zu den anderen ins Werk?", schlage ich vor.

„Ja, gut."

Dort brodelt bereits die Stimmung und ich ziehe Gregor an der Hand hinein ins Getümmel. Iris und die Jungs hüpfen ausgelassen und winken uns zu sich. Gregor und ich tanzen eine Weile nebeneinander, doch dann lockt mich einer seiner Freunde zu sich und Iris hängt sich an Gregor.

Ich tanze mir die Seele aus dem Leib, ich schwitze, singe und gröle und es ist herrlich! Für eine Weile. Doch dann sehne ich mich wieder nach meinem Bett und meiner Ruhe und ich küsse alle fünf gutgelaunt zum Abschied auf den Mund. Ich weiß, dass Gregor mir mit Dackelblick nachsieht, doch ich rufe ihm zu „Lass uns telefonieren!" und mache mich auf die Suche nach einem Taxi.

NEUNZEHN

Nicht ganz ausgeschlafen, aber glücklich fahre ich am nächsten Morgen in die Klinik. Im Umkleideraum begegne ich meinen Kolleginnen Michi und Anita, die versuchen, eine junge Ärztin zu trösten, die schluchzend auf einer Bank sitzt, das Gesicht in den Händen vergraben.

„Ihr glaubt ja nicht, wie die mich behandeln! Die tun so, als wäre ich ein Nichts oder bestenfalls ein Idiot! Machen frauenfeindliche Witze während der gesamten OP und erwarten von mir, dass ich mitlache! Die sind ein richtiger Club, in den sie keine Frauen jemals reinlassen. Und dann diese unterschwelligen anzüglichen Bemerkungen ... Ich ertrage das nicht mehr ... Ich ..." Sie weint wieder.

Anita tätschelt ihre Hand und Michi seufzt: „Ich weiß, Liebes. So ist es eben. Halte durch, dein Turnus ist ja bald vorbei."

Ich bin überrascht, ich hätte nicht gedacht, dass es den Ärztinnen genauso geht wie uns. Ich schließe meinen Spind und begebe mich als Allererstes in die Kantine, um richtig deftige Sandwiches zu frühstücken.

Die Kantine ist sogar oder vielleicht gerade um diese Zeit bestens besucht. In der Schlange an der Theke vor mir tuschelt die Assistentin des Verwaltungsdirektors mit dem Assistenten der Ärztlichen Direktion. Hinter mir stellt sich Primar Sobotka an, wie üblich viel zu nah. Ich kann seinen Atem im Nacken spüren. Genervt beiße ich die Zähne zusammen und weiche in Richtung der Assistenten aus.

Die Assistentin nickt in Richtung Eckfenster und raunt ihrem Kollegen zu: „Ja und was war jetzt mit dem?" Er dreht den Kopf und ich folge langsam, nur mit den Augen, seinem Blick. Vor dem Fenster sitzt Mats im Gespräch mit einem Kollegen und mein Herz setzt einen Moment aus. Ich dachte, er wäre längst weg!

Der Assistent antwortet: „Der Witzbold wollte von heute auf morgen kündigen, dabei hat er natürlich eine Kündigungsfrist! Was bildet sich der Schnösel ein?! Ist ja kein Wunschkonzert hier. Private Gründe bla, bla, bla!"

Sie sehen einander bedeutungsvoll an und lachen hämisch. Ich kriege so eine Wut! Mein Herz klopft wieder, nun rasend im Galopp. Hinter mir nehme ich eine Bewegung wahr und plötzlich spüre ich eine warme Hand auf meinem Po. Jetzt reicht's!

Ich fahre herum und sage viel lauter, als ich müsste: „Dr. Sobotka! Ich ersuche Sie höflichst, Ihre Finger von meinem Hintern zu nehmen und auch in Zukunft auf Berührungen oder Anzüglichkeiten zu verzichten! Ich arbeite hier! Ich bin nicht zu Ihrem persönlichen Vergnügen da!"

Alle, also wirklich ALLE sehen auf. Ein paar Frauen klatschen Beifall. Ich bemerke, dass Mats sich ein Lächeln verkneift.

Der alte Chefarzt ist keine Gegenwehr gewohnt. Er räuspert sich, ringt nach Worten: „Äh, ich, also, ich entschuldige mich in aller Form." Dann macht er kehrt und flieht mit fliegendem Kittel.

Liz hatte recht! Der macht das so schnell nicht wieder. Kündigen kann er mir auch nicht, nicht nach dieser Szene, die alle mitbekommen haben. Und ehrlich gesagt wäre mir das auch egal. Wenn ich die Prüfung bestehe, bin ich nicht mehr lange hier. Ich nehme mir ein Sandwich und fühle mich wahnsinnig erfolgreich heute. So wie es aussieht, kann sich sogar eine kleine Krankenschwester gegenüber einem Arzt behaupten.

ZWANZIG

Am Tag nach der Prüfung bin ich erst mal leer. Leer und müde. Leer, müde und verwirrt. Das Lernen hat mich über Tage so richtig schön abgelenkt, sodass ich nicht über Mats nachdenken musste. Zu Hause angekommen lasse ich mich auf mein Bett fallen und sinke tiefer und tiefer in ein Loch aus Verwirrung und Leere. Was sollte das alles? Bin ich verliebt? Hasst er mich? Da läutet es.

Papa ruft an. „Hallo, Spatz! Ich bin wieder in Wien. Kommst du mich besuchen?"

Ich rapple mich auf, reibe mir die müden Augen und mache mich auf den Weg.

Das Erste, das er zu mir sagt, ist: „Na, du bist aber blass – und das im August!"

Er selbst sieht aus wie das blühende Leben. Die Haut beinahe dunkelbraun gebrannt, die Haare länger und ausgebleicht von Meerwasser und Sonne. Fast kann ich die Meeresbrise riechen, als ich ihn zur Begrüßung umarme. Dann lasse ich mich auf den Sessel fallen und nehme mir ein Stück Marillenkuchen, den Helga, unsere langjährige Haushälterin, gezaubert hat.

Er lässt sich mir gegenüber nieder und betrachtet mich. „Du siehst müde aus. Alles okay?"

„Ich hatte viel zu tun in letzter Zeit." Ich kann ihm nicht von der Prüfung erzählen, nicht bevor ich das Ergebnis weiß.

„Wie war der Segeltörn?", lenke ich ihn von mir ab.

„Großartig!" Seine Augen leuchten. „Hach, diese endlose Weite des Meeres und die griechischen Inseln! Jede einzelne auf ihre Weise einzigartig. Ich habe diesmal zehn Inseln angesteuert. Und obwohl ich auf der einen oder anderen schon einmal war, bin ich immer wieder überrascht und begeistert. Dort ist das Leben noch ursprünglich und einfach, auf den kleineren herrscht so gut wie kein Tourismus, oder zumindest so, dass das nicht störend auffällt. Da passen sich die Gäste durchaus mehr dem Land an als umgekehrt, wie es in den großen Tourismushotspots üblich ist. Das Wetter war herrlich, vom Essen will ich gar nicht erst anfangen zu schwärmen. Meist wurde für mich extra was gefangen, frischer kannst du Fisch nicht essen!"

Ich beneide ihn um seine Begeisterung und muss doch innerlich ein Gähnen unterdrücken. Jedes Jahr, also jedes verdammte Jahr höre ich den gleichen Vortrag oder einen ähnlichen, ich weiß nicht genau, denn ich schalte meist schon nach dem ersten Satz auf Durchzug.

„... und der Sternenhimmel über dem Meer, also das muss man einmal erlebt haben, sonst hat man gar nicht gelebt! Abermillionen Sterne – so hell! So hell, das ist nicht zu fassen! Dagegen ist der Himmel über Wien ein Witz, ein schlechter Abklatsch ..."

Wir umschiffen gekonnt das Thema unseres letzten Gesprächs, das Gespräch über Mama, denke ich resignierend.

Doch plötzlich stellt er mir eine Frage: „Hat dir deine Mutter je erzählt, wie wir uns kennengelernt haben?"

„Nein. Nein, ich glaube, nicht ..."

„Es war auf Patmos, einer verschlafenen Insel, die nur durch eine Fähre oder ein Segelboot zu erreichen ist. Sie und einige ihrer Freundinnen feierten dort ihren Abschluss von der Krankenpflegeschule und für mich war es der erste selbständige Segeltörn auf dem alten Boot meines Vaters." Er lächelt versonnen. „Sie war die Schönste von allen und die Wildeste. Ich konnte sie schon vom Boot aus sehen, wie sie am Strand Volleyball spielte und ihr schwarzes Haar, das ihr bis zur Hüfte reichte, nach hinten warf. Ich dachte, sie wäre Griechin und gebe auch offen zu, dass ich ihnen nachspionierte, bis ich wusste, in welcher Bar sie abends etwas trinken gingen. Dann richtete ich es ein, dass wir uns wie zufällig begegneten. Ich war natürlich überrascht, als ich hörte, dass sie Niederösterreicherin war. Sie ließ mich eine ganze Woche zappeln, ehe sie mir am letzten Abend einen winzigen Kuss gab. Doch ich wusste von Anfang an, dass ich dieses Mädchen eines Tages heiraten würde."

Ich sehe meinen Vater an und er kommt mir plötzlich so jung vor. So wie er gerade aussieht, kann ich ihn mir gut als Jungarzt Mitte zwanzig vorstellen, der sich unsterblich in ein Mädchen verliebt, das er gar nicht kennt. Wir lächeln einander an.

Er schmunzelt. „Seit ihrem Tod segle ich jeden Sommer zu dieser Insel und freue mich das ganze Jahr wie ein Kind darauf. Und jedes Mal sitze ich allein an diesem Strand und fühle mich einsamer als je zuvor. Dämlich, oder?"

Mein Herz wird schwer. „Überhaupt nicht. Warum ließ sie dich denn zappeln?", will ich weiter wissen, solange er noch so schön im Redefluss ist.

„Deine Mutter wollte eigentlich niemals heiraten. Sie hatte vor, Biochemie zu studieren und in die Forschung zu gehen. Doch du weißt, die Zeiten damals, vor allem in dem kleinen Dorf, in dem sie aufwuchs, waren anders. Ihr Vater erlaubte ihr kein Studium, sondern nur die Krankenpflegeschule. Sie schwor sich, sich niemals wieder einem Mann zu unterwerfen."

„Aber sie hat dich dann doch geheiratet ..."

„Ja, das hat sie. Und ich stellte ihr frei, zu studieren, was immer sie wollte. Doch sie war glücklich als Krankenschwester, sie hat den Beruf zu lieben gelernt."

„Und wie hat sie dich lieben gelernt?"

Er lacht. „Na hör mal! Sieh mich an!" Er tätschelt sein kleines Bäuchlein.

„Nein, im Ernst. Ich weiß es nicht. Sie hätte jeden haben können. Vielleicht ist es wirklich so, dass zusammenfindet, was zusammengehört ..." Er zuckt die Schultern.

Ja, wirklich, denke ich auf dem Heimweg. Wieso um alles in der Welt machte mein Vater auf genau dieser einen von mehr als dreitausend griechischen Inseln halt, auf der meine Mutter am Strand Volleyball spielte?

EINUNDZWANZIG

Die nächsten Tage im Krankenhaus verlaufen zäh. Hinter jeder Ecke vermute ich Mats, und wenn ich ihn tatsächlich sehe, verkrampft sich mein Magen. Er sieht schlecht aus, blass und gehetzt. Und er wendet betont den Blick ab, wenn er meine Gegenwart bemerkt.

Mit jedem Tag wird die Vorstellung schwieriger, ihn anzusprechen, mich erneut zu entschuldigen oder ihn zu fragen, wie es seinem Vater geht. Ich habe Angst, wütend angefaucht oder, schlimmer noch, einfach ignoriert zu werden. Jede Nacht nehme ich mir vor, ihn morgen anzusprechen, jeden Tag kneife ich. Es ist bereits Ende August. Nicht mehr lange, und er verlässt das Krankenhaus für immer.

Die Kolleginnen und Ärzte aus dem zweiten Stock grinsen mich nicht mehr wissend an, wenn ich ihnen begegne. Vermutlich hat sich nun doch herumgesprochen, dass Dr. Reiterer und ich kein Paar sind oder nicht mehr sind oder niemals waren. Was weiß ich, was da tatsächlich im Umlauf ist.

Anfangs habe ich den Drang unterdrückt nachzufragen, alles richtigzustellen, doch nun denke ich, dass es mir in

Wahrheit völlig egal sein kann, was die anderen von mir denken. Wer war das noch gleich, der zu mir sagte, man müsse mit seinen Kollegen ja nicht befreundet sein, es reiche doch, wenn man gut zusammenarbeitet und sich aufeinander verlassen kann? Ach ja, das war Mats ...

Zu Hause fühle ich mich einsamer als je zuvor. Ich habe es immer genossen, allein mit mir und meinen Gedanken zu sein. Ich war mir immer selbst genug. Und nun? Nun fehlt mir was. Kann ich nicht mehr alleine sein? Oder bin ich einfach nur melancholisch nach dem Gespräch über meine Mutter?

Um endlich auf andere Gedanken zu kommen, beginne ich damit, die Wohnung aufzuräumen. Als ich die Lernmaterialien ins Regal stelle, fällt mein Blick auf Gregors Handynummer, die er an den Rand des Skripts gekritzelt hat. Während ich sie einspeichere, sehe ich, dass er gerade online ist. Ich beginne eine Nachricht zu tippen, doch ich zögere, sie abzuschicken. Es wäre so einfach. Er scheint immer noch etwas für mich zu empfinden. Ich kenne ihn gut, er kennt mich besser. Wir könnten einfach dort weitermachen, wo wir aufgehört haben. Aber wäre das fair? In dem Wissen, dass ich keine großen Gefühle mehr für ihn hege? Dann doch lieber alleine sein.

Beim Aufräumen fällt mir außerdem das Kleid von Rosa in die Hände, das ich schon längst zurückgeben wollte. Ich befühle den Stoff und denke an unsere Autofahrt zurück nach Wien. Also an die Dinge, die passiert sind, bevor Mats beschlossen hat, mich zu hassen. Seufzend packe ich das Kleid in einen Karton und nehme mir vor, es am Abend, wenn mein Dienst beginnt, auf seiner Station abzugeben.

Als ich mein Wohnhaus verlasse, wird mir bewusst,

dass ich heute noch nicht am Postkasten war. Ich werfe einen Blick hinein und da liegt er: der Brief der MedUni-Wien, der über meine Zukunft entscheiden wird. Mit zitternden Fingern reiße ich den Umschlag auf und lese. Dann packe ich ihn in meine Tasche und fahre mit gemischten Gefühlen in die Klinik.

Ein paar Stunden lang starrt mich der Karton mit Rosas Kleid schweigend an, wann immer ich das Stationszimmer betrete. In einer Pause fasse ich mir ein Herz und trage ihn endlich mit lautlosen Schritten in den zweiten Stock hinunter. Es ist wieder Gabi, die ich an der Tür zum Stationszimmer treffe.

„Gabi, würdest du bitte Dr. Reiterer dieses Paket geben?" Ich drücke es ihr in die Hand. Doch Gabis Blick richtet sich auf etwas schräg hinter mir.

„Du kannst es ihm selbst geben", sagt sie sanft.

Ich drehe mich um. Mats steht neben mir, die Haare hängen ihm in die Augen und er streicht sie zurück, hält sie fest, oben auf dem Kopf.

Er atmet hörbar ein und mit dem Ausatmen stößt er aus: „Hallo."

„Hallo", erwidere ich beinahe tonlos. Jetzt ist der Moment also gekommen. Wir müssen miteinander reden. Ich weiß nicht, was ich sagen soll. Ich weiß nicht, ob ich lächeln soll und ob ich es kann. Gabi steht immer noch zwischen uns und blickt von einem zum anderen.

„Das Paket", wispert sie und hält es mir hin.

Ich nehme es und reiche es an Mats weiter. „Hier, das ist Rosas Kleid, ich muss es dir endlich geben, du bist ja nicht mehr lange hier."

„Drei Tage noch." Er nimmt die Hand vom Kopf und klemmt sich das Paket unter den Arm, macht aber keine

Anstalten zu gehen. Dafür entscheidet sich Gabi, lautlos rückwärts im hinteren Teil des Stationszimmers zu verschwinden.

„Wie geht es dir?", traue ich mich hervor.

„Okay", meint er. „Und dir?"

„Ganz gut. Ich bin an der MedUni angenommen worden. Ich bin also auch nicht mehr lange hier." Warum erzähle ich ihm das?

„Ich wusste gar nicht, dass du das willst."

Ich zucke die Schultern. Will ich es denn? Wenn ich mir da nur sicher wäre. Eigentlich will ich es schon nicht mehr, seit Liz mir den Wert von uns Krankenschwestern vor Augen geführt hat. Eigentlich bin ich gar nicht mehr so erpicht darauf, seitdem ich gehört habe, dass Ärztinnen von ihren Kollegen auch nicht als ebenbürtig angesehen werden. Eigentlich finde ich es gar nicht mehr notwendig, seitdem ich mich gegen Dr. Sobotka zur Wehr gesetzt habe.

Ja, EIGENTLICH ... Und doch ... Irgendwie will ich es trotzdem, für ihn, für Mats, das heißt für uns. Denn eine Beziehung zwischen Arzt und Krankenschwester kann niemals funktionieren.

„Na dann, viel Glück", sagt er leise und dreht sich langsam um, unschlüssig zuerst, wohin er sich wenden soll, dann, umso hastiger, entfernt er sich.

Nun konnte ich mich nicht einmal nach Friedrich erkundigen. Ich lasse die Schultern fallen und sehe zu Gabi rüber, die gerade Medikamente in Tablettenboxen sortiert. Sie ist konzentriert und genau. Ich bin mir sicher, sie kennt die Lebensgeschichte jedes ihrer Patienten und denkt in liebevoller Weise an sie. Ich jedenfalls habe diese Tätigkeit immer gemocht ...

Ich muss kündigen, fällt mir ein. Mit meinem Resturlaub schaffe ich es vielleicht, nicht allzu viele Wochen des ersten Semesters zu versäumen. Doch um diese Uhrzeit ist das Büro nicht besetzt.

ZWEIUNDZWANZIG

Zwei Stockwerke höher scheint es mir, als sähe ich meine Station mit völlig anderen Augen. Jetzt, wo mir klar ist, dass ich nicht mehr lange hier sein werde, erkenne ich Schönheit und Liebe in jedem Detail. Was für ein Privileg es doch ist, einen neuen Menschen in seinen ersten Minuten auf dieser Welt begleiten zu dürfen. Es erfüllt mich stets mit Ehrfurcht. Jedes Kind, das ich waschen, wickeln und kleiden darf, erzählt mir seine Geschichte, manche friedlich, manche wütend, manche voller Trauer. Und allen wünsche ich das große Glück. Sie werden mir fehlen, diese ersten Minuten.

Und doch ist es für mich auch immer ein seltsames Gefühl des Zurückbleibens. Wenn am Entlassungstag die Kleinen dick eingepackt in Kinderwagen oder Babyautoschalen verschwinden, die Eltern sich mit geröteten Wangen verabschieden und in ein neues Leben mit ungewissem Ausgang starten. Dann rücken wir Krankenschwestern unwillkürlich näher zusammen, weil so viel Leben ganz plötzlich zur Tür hinausgeht.

Am Morgen nach dem Nachtdienst bleibe ich etwas länger, um zu warten, bis das Büro der Verwaltung besetzt ist. Ich reiche meine Kündigung ein und diesmal reagiert die Verwaltung ausgesprochen kulant. Wir vereinbaren ein Austrittsdatum, das mir sehr entgegenkommt. Ich gebe auch meiner Vorgesetzten und den Kolleginnen Bescheid, sie sollen es nicht über mehrere Ecken erfahren.

Die meisten sind überrascht, einige traurig, dass ich gehe. Jetzt bin ich es, die in ein neues Leben mit ungewissem Ausgang startet, und sie bleiben zurück.

Den Rest des Tages habe ich frei. Ich bin noch zu aufgeregt, um mich zum Schlafen hinzulegen, und rufe meine Freundin Lisa an, um ihr die Neuigkeiten zu erzählen.

Sie hebt ab. „Hallo, Süße! Was gibt es Neues bei dir?" Im Hintergrund höre ich Partygeräusche, Musik und plaudernde Menschen.

„Hi Lisa! Du wirst es nicht glauben, ich bin an der MedUniWien angenommen worden. Ich werde Ärztin!"

Stille, dann sagt sie: „Du hasst doch Ärzte! ... Also zumindest die meisten! Was ist mit dem heißen Chirurgen von neulich?"

„Du weißt doch gar nicht, ob er heiß ist!"

„Und wie ich das weiß! Wenn du mit ihm im Dienstzimmer vögelst, OBWOHL er Chirurg ist, muss er ein Gott sein!"

Ich kann sogar durchs Telefon sehen, wie sie von einem Ohr zum anderen grinst, und hören, dass sie einen tiefen Zug von ihrer Zigarette nimmt.

Sie redet lachend weiter, nur nicht mit mir. „Nein, Max! Der Chirurg ist ganz bestimmt nichts für dich! Nein, ich kann ihn dir nicht vorstellen, er ist doch hetero! Ja, das weiß ich nicht. Ich kenne ihn gar nicht! Geh weg! Lass mich in Ruhe telefonieren! Leni? Bist du noch dran?"

„Ja, ich bin da."

„Tut mir leid, ich bin gerade auf einer Feier und werde

dauernd gestört. Wir müssen darüber in Ruhe reden und du erzählst mir alles, ja? Ich rufe dich morgen an. Aber zunächst einmal: herzliche Gratulation! Wenn das wirklich dein Wunsch ist, dann wirst du eine grandiose Ärztin sein!"

„Danke, Lisa! Bis morgen!"

„Bis morgen! Bussi, Bussi!"

Ich lege auf und sehe unentschlossen auf das Telefon in meiner Hand. Doch nein, meinem Vater mag ich es noch immer nicht erzählen.

DREIUNDZWANZIG

Eine Woche vor meinem letzten Arbeitstag bin ich dabei, zwei Fläschchen für die Zwillinge auf 407 anzuwärmen. Mats ist längst weg. Ich versuche, ihn mir als steirischen Landarzt vorzustellen, doch jeder Gedanke an ihn und das, was seine Familie gerade durchmacht, lässt mein Herz schwer wie Blei werden. Plötzlich klopft es zaghaft an der offenen Tür zum Kinderzimmer.

Ich sehe auf, beinahe hätte ich sie nicht erkannt. „Liz! Was machst du denn hier?" Sie sieht nicht gut aus, viel älter, als ich sie in Erinnerung hatte. Das hellgraue Haar, das sie offen trug, ist nun zu einem tiefen Pferdeschwanz zusammengefasst. Unter ihren Augen hängen violette Schatten, ihre Schultern zeigen Richtung Boden.

Sie kaut auf ihrer Unterlippe und sagt dann mit dünner Stimme: „Leni, kann ich einen Augenblick mit dir sprechen?"

Ich bin perplex. Ist sie extra aus Graz hergefahren, um mit mir zu reden? Sie hätte doch auch anrufen können. Rasch überreiche ich die Fläschchen der frischgebackenen Zwillingsmama und gebe Michi Bescheid, dass ich kurz Pause mache.

Dann führe ich Liz zu den Besuchersofas, doch die sind bereits belegt mit glücklichen Omas und Opas, stolzen Vätern und aufgeregt hopsenden großen Geschwistern. Da fällt mir ein, dass Zimmer 410 gerade unbelegt ist, und so stehen wir uns bald gegenüber, ich am Kopf-, Liz am Fußende eines Bettes, in dem sich sonst eine Mutter von der Geburt erholt.

Da ich die Anspannung nicht mehr ertrage, frage ich: „Wie geht es Friedrich?"

„Nicht gut, er ... Also ..." Sie räuspert sich, sammelt sich und klingt nun wieder mehr wie die Liz, die ich kenne. „Friedrich geht es schon sehr schlecht, er hat starke Schmerzen. Er braucht nun ständige Betreuung und Schmerzmittel, doch er weigert sich, sich von mir oder sonst jemandem helfen zu lassen. Er ist der sturste Mensch, den man sich vorstellen kann!" Betroffen sehe ich sie an, doch weiß ich nicht, welche Reaktion von mir erwartet wird.

Sie fährt fort: „Ich würde nicht zu dir kommen, wenn ich nicht verzweifelt wäre. Ich weiß nicht weiter. Matthias hat mir verboten, mit dir zu sprechen. Er wird auf ewig sauer auf mich sein. Er ist genau so ein sturer Bock wie sein Vater. Doch das ist mir jetzt egal." Sie bricht in Tränen aus.

Ich weiß noch immer nicht, was sie von mir will oder wie ich ihr helfen kann. Liz schwankt und greift nach dem Fußteil des Bettes, um sich festzuhalten.

„Friedrich sagte mir schon vor Wochen, er habe eine starke Verbindung zu dir gespürt. Er glaubt, es liegt daran, dass ihr beide als Kinder eure Mütter verloren habt. Er meinte, du wärst die einzige Krankenschwester, der er erlauben würde, ihm beim Sterben zuzusehen." Sie sieht mich nicht an, sondern zu Boden. Die Tränen tropfen auf ihre Bluse.

Ich setze mich aufs Bett und Liz nimmt neben mir Platz, offensichtlich dankbar für diese Gelegenheit. Wir schweigen. Es rauscht in meinen Ohren und meine Gedanken wirbeln herum wie ein Tornado, ohrenbetäubend laut und unerbittlich schnell.

„Ich bin doch Kinderkrankenschwester", sage ich alarmiert. „Im Oktober fange ich mit dem Medizinstudium an." Und nach einer Weile, als der Sturm endlich vorüber ist und mein Herz wieder dort sitzt, wo es hingehört, flüsternd: „Ich hab's auch gespürt."

Liz hebt den Kopf und sieht mich hoffnungsvoll an. Bestimmt greife ich nach ihrer Hand und drücke sie fest. Ich denke an meine Mama, meine liebe Mama. Wie könnte ich einem Sterbenden einen Wunsch abschlagen? Wie könnte ich einen Sterbenden allein lassen, obwohl er mich braucht? So gern hätte ich die Gelegenheit gehabt, mit meiner Mutter durch die letzten Tage zu gehen. So gern hätte ich mich verabschiedet.

Ich wische meine Tränen ab und frage: „Und was machen wir mit Mats?"

Liz lächelt. „Der soll mal schön den Mund halten! Diesmal geht es ausnahmsweise nicht um ihn."

VIERUNDZWANZIG

Die nächsten Arbeitstage erledige ich wie in Trance. Meine Gedanken sind wirr und fahren Karussell. Das kann doch nicht wahr sein, dass ich in einem einzigen Gespräch meine ganze Zukunft aufgegeben habe. Ich bin in ein paar Tagen arbeitslos und werde meinen Studienplatz, einen von nur sechshundertsechzig, nicht antreten, weil ich versprochen habe, den Vater eines Mannes, für den ich Gefühle habe, zu pflegen.

Für diesen Mann wollte ich überhaupt erst studieren! Dieser Mann will gar nichts mehr mit mir zu tun haben! Was habe ich mir nur dabei gedacht? Und ich muss endlich mit meinem Vater sprechen, erinnere ich mich selbst. Mir graut so davor. Er wird mir den Kopf abreißen, ich höre ihn schon brüllen. Doch einmal muss es sein.

Also schreibe ich ihm eine Nachricht, ob wir uns heute treffen können, und er schlägt ein Mittagessen im *Blaustern* vor. Das ist gut. Vielleicht hält er sich in der Öffentlichkeit zurück und bewahrt Contenance.

Da ich als Erste da bin und suche ich mir einen Tisch etwas abseits in einer ruhigen Ecke. Dann warte ich. Ich bin aufgeregt. Ich trinke zwei Limonaden und gehe einmal mit voller Blase zur Toilette, bis mein Vater endlich aufkreuzt.

Er entschuldigt sich für sein Zuspätkommen. „Die OP hat leider länger gedauert, danach noch Nachbesprechung mit den Turnusärzten. Sorry. Hast du schon gewählt?"

Ich nehme eine Blaustern Bowl, er das Übliche, ein Steak und ein Bier. Wie immer bewundere ich sein Auftreten, seine natürliche Selbstsicherheit. Nie würde er sich umsehen, ob jemand ihn erkennt, obwohl es eines seiner Stammlokale ist. Nie würde er sich nach einer Frau umdrehen, auch wenn es hier von Schönheiten nur so wimmelt. Er ist immer nur bei sich und seinen Vorhaben.

Offen blickt er mir in die Augen. „Du wolltest etwas mit mir besprechen?", fragt er ohne Umschweife.

„Ja ... Ich ... Also, du wirst nicht gerade begeistert sein ..."

Er schweigt und wartet.

„Ich ... Ich habe gekündigt. Am Freitag ist mein letzter Arbeitstag. Ich habe eine Zusage für die MedUni, aber ich werde nicht hingehen, zumindest nicht in diesem Jahr."

Sein Bier wird gebracht, er nickt dem Kellner zu. „Und was gedenkst du stattdessen zu tun?" Er nimmt einen Schluck und lässt mich dabei nicht aus den Augen.

„Ich habe einem Freund versprochen, ihn beim Sterben zu begleiten."

„Keine Sterbehilfe?"

„Nein, palliative Betreuung."

„Was hat er?"

„Pankreaskarzinom."

„Weißt du, worauf du dich da einlässt? Das kann hässlich werden, sogar für unsereins."

Ich zucke die Schultern und schüttle den Kopf. Schweigend nimmt er einen weiteren Schluck.

Nach einer gefühlten Ewigkeit halte ich es nicht mehr aus und frage: „Was sagst du? Bist du böse auf mich?"

Überrascht blickt er auf. „Natürlich nicht. Deine Mutter wäre so unglaublich stolz auf dich", sagt er ernst. Und lächelnd fügt er hinzu: „Und ich dachte schon, du willst eine Weltumsegelung machen!"

„Das ist doch dein unerfüllter Traum! Nicht meiner!" Ich grinse erleichtert.

Das lief viel besser als erwartet. Ich habe sozusagen den Segen meines Vaters. Nun kann auch ich daran glauben, dass das nicht die größte Dummheit meines Lebens war.

Drei Tage später habe ich alles gepackt, meine Post umgeleitet und meine Zimmerpflanzen zu meinem Vater in Helgas Obhut übergeben. Ich nehme die U-Bahn zum Hauptbahnhof und steige entschlossen in den Zug nach Graz.

FÜNFUNDZWANZIG

Oktober – November

Das Taxi spuckt mich vor dem Gutshaus aus und fährt davon. Ich sammle meine Taschen ein und gehe in Richtung Eingang. Mein Blick fällt auf die modern umgebaute Scheune, die Friedrichs Ordination beherbergt, oder besser gesagt Mats' Ordination. Ich bleibe stehen, als die Tür sich öffnet, doch heraus tritt nur ein Patient. Von Mats keine Spur. Ob er mich vom Fenster aus gesehen hat?

Mit klopfendem Herzen gehe ich weiter. Als ich die breite Freitreppe zum Haus hinaufsteige, wird die Eingangstür schwungvoll aufgerissen und eine junge Frau läuft mir entgegen.

„Hallo! Ich bin Rosa! Es ist so schön, dass du da bist, Leni! Ich habe ja schon so viel von dir gehört und war richtig aufgeregt, dich kennenzulernen! Lass mich dir helfen, komm, gib mir die Tasche. Ich nehme das! Mats ist den ganzen Tag in der Praxis und Mama ist im Krankenhaus, also kümmere ich mich um Papa und soll dich willkommen heißen ... Und ... Also: Herzlich will kommen, Leni!"

Puh! Ja, das ist eindeutig Mats' Schwester. Doch nicht

nur ihre übersprudelnde Art ähnelt der ihres Bruders, sondern auch optisch erkenne ich Gemeinsamkeiten. Beide sind groß und schlank, beide haben blondes, dichtes Haar, wobei Rosas etwas heller ist als Mats', ein zartes, kaum erkennbares Erdbeerblond. Doch Rosas vor Lebenslust sprühende Augen sind blau, wie die von Liz. Mats und Friedrich haben grüne.

Wir tragen mein Gepäck in das Gästezimmer, das ich auch an jenem Wochenende im Sommer bewohnt habe, mit Blick auf den Garten. Das wird nun für ein paar Monate mein Zimmer sein. Durch das Fenster sehe ich Friedrich in einem Liegestuhl sitzen, eine Decke über seine Beine gelegt, dabei ist es noch immer spätsommerlich warm. Die Nachmittagssonne hat genügend Kraft, um die Tage draußen ohne Jacke genießen zu können.

Rosa quasselt weiter drauflos: „Hast du Hunger, Leni? Oder Durst? Du bist bestimmt durstig nach der Fahrt! Ich habe Eistee gemacht, komm mit in die Küche. Du weißt, du kannst dich hier wie zu Hause fühlen, du nimmst dir einfach, was du möchtest, ja?"

„Ja, danke, Rosa!"

Ich fühle mich etwas überfahren. Und unsicher. Am meisten interessiert mich, wie Mats dazu steht, dass ich nun hier bin. Ich denke, er hatte wohl genug Zeit, sich an den Gedanken zu gewöhnen. In Wahrheit ist es auch nicht wichtig. Denn ich bin nicht seinetwegen da. Und nun möchte ich auch endlich Friedrich begrüßen und mit meiner Arbeit beginnen.

Liz schickte mir nach unserem Gespräch einen Vertrag zu, in dem festgehalten wurde, welche Tätigkeiten ich übernehmen werde, sowie Arbeitszeiten und Bezahlung. Sie hat darauf bestanden, mir mehr Gehalt zu zahlen als in der

Klinik, dabei habe ich ganz sicher nicht wegen des Geldes zugesagt.

Geld interessiert mich von allen Dingen am allerwenigsten. Man könnte meinen, das liegt daran, dass meine Eltern immer genug davon hatten. Doch mein Gehalt ist absolut ausreichend für mich, ich gebe nie alles aus und habe bereits einiges gespart.

Rosa und ich setzen uns zu Friedrich in den Garten. Die ganze Fahrt über habe ich mich gefragt, ob ihn die Krankheit schon sehr verändert hat. Doch er sieht aus, wie ich ihn in Erinnerung habe, in der Tat ein wenig schmaler, aber höchstens ein kleines bisschen blasser.

Wir reichen uns die Hand, er hält sie lange fest und sagt: „Nun sehen wir uns also doch noch einmal wieder. Danke, dass du hergekommen bist."

Ich weiß nicht, was ich erwidern soll, also lächle ich nur. Neben Rosa muss man auch nicht viel sagen.

„Also das interessiert euch vielleicht. Exeter, wo ich studiere, ist die einzige Stadt in England, in der es mittelalterliche unterirdische Gänge gibt. Die sind echt gruselig. Denkt euch nur, man verirrt sich darin! Ansonsten ist die Stadt sehr pittoresk, der historische Kern ist bezaubernd. Aber ich verbringe eigentlich nicht viel Zeit dort. Wenn ich nicht auf der Universität bin, fahre ich in die Nationalparks Dartmoor und Exmoor oder zum Eden Project, das ist ein künstlich angelegter Regenwald unter riesigen Glaskuppeln. Aber an der Südküste Cornwalls wachsen doch tatsächlich auch ohne Gewächshaus Palmen und Agaven, das muss man sich mal vorstellen!"

Friedrich stöhnt leise, ich sehe Schweißperlen auf seiner Stirn. Er scheint Schmerzen zu haben.

Rosa unterbricht sich. „Hast du wieder Schmerzen,

Papa? Ich hole Mats." Und sie läuft den schmalen Weg vom Garten hin zur Scheune.

Friedrich wendet sich an mich. „Bitte, Leni, ich möchte mich hinlegen."

Ich helfe ihm aufzustehen und lege seinen Arm über meine Schultern, sodass ich ihn beim Gehen stützen kann. Er dirigiert mich in ein Zimmer im Erdgeschoss, das für ihn hergerichtet wurde, damit er nicht mehr in den ersten Stock hinaufmuss.

Der Raum ist fröhlich gelb gestrichen und ausgestattet wie ein modernes Krankenhauszimmer, mit einem vollautomatischen Krankenhausbett, einem Betttischchen, zwei bequemen Sesseln, einem Infusionsständer sowie einer Kommode, in der ich Desinfektionstücher, Kanülen, Spritzen, Bettpfannen und andere Utensilien vermute. In dem kleinen Kühlschrank daneben werden wohl die Medikamente, Infusionen und Schmerzmittel aufbewahrt.

Dem Bett gegenüber liegt ein Fenster. Es zeigt zur Zufahrt des Hauses und lässt die warmen Sonnenstrahlen herein, die heitere Striche und Streifen ins Zimmer werfen. Neben dem Fenster hängt ein Flachbildschirm an der Wand, in einem kleinen Regal darunter stehen eine Hi-Fi-Anlage und ein paar CDs.

Alles da, was man zum Sterben braucht, denke ich bitter und mir wird mit einem Mal bewusst, was es bedeuten muss, zu wissen, dass man genau hier sterben wird und auch ungefähr wann. Nun fröstelt mich doch, trotz der Sonne.

Erleichtert stelle ich fest, dass ich keine Berührungsängste gegenüber Friedrich mehr habe. In dem Moment, als ich den Vertrag unterschrieb, wurde er mein Patient. Er ist mir anvertraut, er braucht mich, verlässt sich auf mich, und ich werde alles in meiner Macht Stehende tun, um ihm eine würdevolle und so angenehme letzte Zeit wie möglich zu schenken.

SECHSUNDZWANZIG

Als ich Friedrich helfe, sich ins Bett zu legen, kommen Rosa und Mats herein. Mats begrüßt mich mit einem knappen „Hallo" und kümmert sich dann um seinen Vater. Ich habe ihn ein paar Wochen nicht gesehen und würde ihn gerne eingehend betrachten. Hat er sich verändert? Geht es ihm gut?

Doch ich traue mich nicht und wende rasch den Blick ab. Er verabreicht Friedrich ein Schmerzmittel und hängt eine Infusion mit Nährflüssigkeit an. Rosa setzt sich zu Friedrich ans Bett und Mats bedeutet mir mit einem Wink, ihm nach draußen zu folgen. Er schließt die Tür hinter uns und dreht sich dann zu mir um.

„Es tut mir leid, dass meine Mutter zu dir gefahren ist. Ich wollte nicht, dass du herkommst und dein Studium aufgibst", sagt er barsch mit versteinerter Miene.

„Das lass ruhig meine Sorge sein", erwidere ich angegriffen von seinem unfreundlichen Ton.

Doch er hört gar nicht zu und fährt fort: „Du sollst dich nicht verpflichtet fühlen. Du schuldest mir nicht das Geringste."

„Es geht um deinen Vater, nicht um dich!", betone ich scharf, jetzt bereits angriffslustig.

„Leni, das ist wirklich keine Aufgabe für dich!"

Ich sehe rot. Schon wieder glaubt er zu wissen, wie und wer ich bin.

„Was bildest du dir ein? Wenn du denkst, du kennst mich, dann irrst du dich gewaltig! Du weißt nichts über mich. Gar nichts! Und das ist ja auch kein Wunder. Du hörst dich doch viel zu gerne selbst reden, als dass du jemand anderen überhaupt einmal zu Wort kommen lassen würdest, Herr Doktor!"

Er schluckt und starrt mich erschrocken an. Ich atme einmal tief durch. Meine Wut ist augenblicklich verpufft wie die Fehlzündung eines alten Mopeds. Schon tut es mir leid, dass ich so die Fassung verloren habe.

Ruhiger fahre ich fort: „Weist du mich bitte in die Medikamentengaben ein? Bei allem anderen finde ich mich schon zurecht."

Er seufzt und schließt für einen Moment die Augen. Dann erklärt er mir alles, was ich wissen muss.

Friedrich schläft. Ich betrachte ihn lange. Es kommt mir so unwirklich vor, dass dieser Mensch in ein paar Monaten nicht mehr hier sein soll. Macht mir das Angst?, frage ich mich. Nein, anders: Warum macht mir das keine Angst?

Im Krankenhaus habe ich hin und wieder eine stille Geburt erlebt, ganz selten eine tote Patientin. Es macht mich traurig, aber Angst vor dem Tod, egal ob es sich um meinen eigenen oder den eines anderen handelt, habe ich nie verspürt. Vielleicht weil ich das Schlimmste schon erlebt habe. Oder gibt es etwas Schrecklicheres, als dass ein Kind seine

Mutter verliert? Vielleicht eine Mutter ihr Kind?

„Erzähl mir von ihr!" Friedrichs Stimme reißt mich aus meinen Gedanken. Kann er so gut in mir lesen oder habe ich sie etwa laut ausgesprochen?

„Ich weiß nicht viel von ihr", gebe ich zu.

„Dann finde es heraus und dann erzählst du es mir. Aber lass dir nicht zu lange Zeit mit deinen Recherchen." Seine Worte klingen mehr wie ein Befehl als wie eine Bitte.

SIEBENUNDZWANZIG

Nach einer Woche als Friedrichs persönliche Krankenschwester habe ich mich einigermaßen an meine neue Tätigkeit und die besonderen Umstände, damit meine ich Mats,
gewöhnt. Ein einzelner Patient macht verständlicherweise
viel weniger Arbeit als eine ganze Station, aber Beruf und
Freizeit sind hier gar nicht so leicht zu trennen.

Das bedeutet, dass ich laut Vertrag, abgesehen von den
täglichen Fixpunkten wie ihm beim Waschen, Essen oder
beim Gehen behilflich zu sein sowie dem Geben der Infusionen und Schmerzmittel, nur auf Abruf bereitstehen muss,
falls er etwas benötigt.

Doch da ich Friedrichs Gesellschaft als sehr angenehm
empfinde, verbringe ich wesentlich mehr Zeit mit ihm, als
ich müsste. Im oberen Stockwerk entdecke ich eine riesige
Bücherwand und nehme einige Bücher davon mit hinunter
in sein Zimmer.

„Friedrich! Das ist ja eine richtige Bibliothek! Hast du
die alle gelesen?"

„Nein, Liz ist hier bei uns die Leseratte. Ich habe mir nie
Zeit dafür genommen."

Also verbringen Friedrich und ich die Tage mit alten

Klassikern, aber auch mit Liebesgeschichten und historischen Romanen. Eine Weile liest er selbst, doch wenn es ihn zu sehr anstrengt, lese ich ihm vor. Immer wieder nickt er ein, dann lese ich leise für mich weiter und erzähle ihm später, was er verpasst hat, oder ich gehe raus in den Garten, um mir die Beine zu vertreten.

Heute ist ein goldener Herbsttag, die Astern blühen rot und die Bäume leuchten orange. Der Himmel ist strahlend blau, die Luft wunderbar klar, die Sonne steht ganz tief. Im Oktober habe ich stets das Gefühl, die Zeit stünde still. Ich denke daran, dass ich schon lange nicht mehr Yoga geübt habe, dass es mir sicher guttun würde. Aber ich bin doch ganz ruhig, habe schließlich keinen Stress hier. Oder?

Ich schiele heimlich zur Ordination hinüber, doch Mats' Auto steht nicht davor. Vermutlich macht er Hausbesuche. Es fühlt sich seltsam an, mit ihm unter einem Dach zu wohnen, doch wenn ich so darüber nachdenke, auch nicht viel anders als mit ihm im gleichen Spital zu arbeiten. Wie schon in Wien gehen wir einander, so gut es möglich ist, aus dem Weg. Er verlässt um sieben Uhr morgens das Haus, ich sehe erst nach Friedrich und betrete nicht vor halb acht die Küche, um zu frühstücken.

Da Liz unregelmäßige Arbeitszeiten hat und Friedrich meist keinen Appetit verspürt, gibt es auch kaum gemeinsame Mahlzeiten, bei denen wir uns unterhalten müssten. Meist koche ich für mich zu Mittag und hole mir abends nur eine Kleinigkeit, nachdem ich Friedrich für die Nacht fertig gemacht habe. Zu dieser Zeit hat Mats bereits gegessen. Falls es sich doch nicht vermeiden lässt und Liz extra etwas Besonderes gekocht hat, tun wir beide so, als wären wir hochkonzentriert und genussvoll beim Essen.

Schade, dass Rosa nicht mehr hier ist. Sie ist eine

freundschaftliche Ansprechpartnerin für mich und lockert mit ihrer vergnüglichen Art jede noch so ernste Stimmung auf. Doch Rosa musste zurück nach England, denn das neue Semester hat längst begonnen. Liz arbeitet täglich im Krankenhaus und wenn sie zu Hause ist, kümmert sie sich fanatisch um Küche, Haushalt und Garten. Ich habe das Gefühl, sie sucht Ablenkung von dem Schmerz, ihren Mann zu verlieren, und von der Kränkung, ihn nicht selbst pflegen zu dürfen.

Ich pflücke ein paar purpurrote Astern und etwas vom gelben Sonnenhut, um in Friedrichs Zimmer eine Vase aufzustellen. Da fährt Mats' Auto auf den Hof. Er steigt aus und wirft die Tür zu. Dann lehnt er sich erschöpft an den Wagen. Er ist so verändert, fällt mir auf. Wo ist der plappernde, stets gutgelaunte Mats? Er redet kaum, oder redet er nur nicht mit mir? Er lacht gar nicht mehr.

Anscheinend spürt er meinen Blick, denn er sieht herüber zu mir. Erst zögert er, stößt sich dann aber ab und kommt in meine Richtung. Seit meinem ersten Tag hier haben wir nicht mehr alleine miteinander gesprochen. Mein Herz beginnt wild zu klopfen, als ich ihn auf mich zugehen sehe. Da klingelt sein Handy und als er abhebt, erscheint ein erschrockener Ausdruck auf seinem Gesicht. Er macht auf der Stelle kehrt und geht rasch in Richtung der Ordination.

Nach ein paar Schritten dreht er sich noch mal um und ruft mir zu: „Bitte komm und hilf mir!" Ich höre Panik in seiner Stimme, werfe die Blumen zu Boden und laufe ihm in die Praxis nach. Ich stelle mich neben ihn an das Waschbecken und hastig seifen wir uns die Hände ein.

„Was ist passiert?", will ich wissen.

„Ein Kind hat in einen Luftballon gebissen und der ist geplatzt. Bekommt keine Luft mehr."

In diesem Moment rast ein Auto auf den Hof. Ein verzweifelter Vater rennt mit einem etwa vierjährigen Mädchen in den Armen herein und legt es auf den Tisch. Das Kind ist bereits blau angelaufen, die Augen weit aufgerissen versucht es röchelnd Atem zu holen, doch die Versuche sind nur mehr schwach. Ich greife mir den Kopf des Kindes und biege ihn weit nach hinten, gleichzeitig halte ich den Unterkiefer fest, sodass der Mund weit offen steht. Mats fährt, ohne zu zögern mit einer langen dünnen Pinzette in den Hals des Kindes und erwischt den Fetzen des Luftballons zum Glück beim ersten Versuch.

Das Mädchen bekommt endlich wieder Luft in seine Lungen. Mats gibt ihm eine Sauerstoffmaske und hört die Lunge ab. Ich kümmere mich um den Vater, der nun endgültig zusammengebrochen ist und schluchzend am Boden der Ordination sitzt.

Als er sich etwas gefasst hat, helfe ich ihm, aufzustehen, und er nimmt sein Kind glücklich in die Arme. Mats ruft im dreißig Kilometer entfernten Krankenhaus an und veranlasst die Aufnahme des Kindes über Nacht zur Beobachtung. Der Vater fühlt sich in der Lage, selbst zu fahren, und unter tausend Dankesbekundungen machen sich die beiden auf den Weg.

Mats und ich sehen uns erleichtert an und exakt gleichzeitig sagen wir: „Gut gemacht!" Darüber müssen wir lachen und er streckt mir die Hand hin, um meine zu schütteln, so wie man es gerne im OP-Saal macht. Ich stocke und sehe auf seine ausgestreckte Hand. Meint er das ernst?

Wir waren schon so viel weiter. Dann sind wir also doch nur Arzt und Krankenschwester. Betont langsam und förmlich nehme ich seine Hand. Da bemerkt er seinen Fehler. In die Augen schauen können wir uns nun beide nicht mehr.

Ich gehe zurück zum Haus und hebe die weggeworfenen Blumen auf. Als ich die Terrassentür hinter mir schließe, sehe ich, dass Mats in der Tür der Ordination steht und mir nachblickt. Ach verdammt. Wer will hier wen eigentlich nicht?

ACHTUNDZWANZIG

Am nächsten Morgen klingelt der Postbote und bringt ein Paket aus Wien. Ich habe meinen Vater um Informationen über meine Mutter gebeten, und was er mir schickt, sind Fotos, Dokumente und Briefe. Ich habe auf ein Tagebuch gehofft, doch anscheinend hat sie nie eines geführt.

Ich lege den ganzen Stapel auf Friedrichs Bett und er stellt fest: „Das ist ein Anfang." Wir wühlen uns durch die vielen Fotos.

„Sieh mal, das ist meine Mutter, als sie ungefähr in meinem Alter war. Schau, hier am Strand, und das scheint in Venedig zu sein. Ich vermute, diese Fotos hat mein Vater gemacht. Aber diese? Da sind ganz viele Kunstfotos von Blumen, Bergen, aber auch Portraits ..."

Friedrich sieht sie sich genauer an: „Vielleicht war die Fotografie ihr Hobby? Bist du das auf diesem Foto?"

Auf einigen Bildern bin tatsächlich ich als Kind zu sehen, auf einer Wiese oder einem Waldweg, beim Sprung in einen See. Und jetzt erinnere ich mich auch an unsere Ausflüge. Nur sie und ich und die entrückte Langsamkeit dieser Tage. Ganz anders als unser Alltag in Wien.

„Ja, das bin ich. In dem kleinen Dorf, in dem sie aufgewachsen ist. Meine Großeltern waren schon sehr alt, als ich zur Welt kam, ich kannte sie kaum. Doch auch nach ihrem Tod sind wir jedes Jahr ein paar Tage dorthin gefahren."

Liz kommt herein. „Braucht ihr etwas? Ich fahre jetzt zum Markt."

„Nein danke, Liz. Ich habe alles, was ich brauche", sage ich.

Friedrich sagt: „Keinen Appetit."

Ich wundere mich. Liz muss erst heute Abend zum Dienst ins Krankenhaus, das heißt, sie hätte durchaus Zeit, einen Teil des Tages mit Friedrich zu verbringen. Doch sie schaut immer nur kurz herein, setzt sich kaum einmal an sein Bett. Und so geht das, seitdem ich hier bin.

Als ich das Auto wegfahren höre, wende ich mich an Friedrich. Es kostet mich einiges an Überwindung, ihn so direkt anzusprechen, denn eigentlich geht es mich nichts an und ich weiß nicht, ob er mir meine Einmischung übelnehmen wird.

„Du, hör mal. Wir reden hier ständig über diverse Bücher und über meine Mutter. Wir tun alle so, als wäre nichts. Doch angesichts der Tatsache, dass dir, verzeih mir, nicht mehr allzu viel Zeit bleibt, frage ich mich, ob wir, ob IHR nicht endlich anfangen solltet, über die wichtigen Dinge zu sprechen."

„Was sind denn die wichtigen Dinge?", will er wissen.
„Na Liebe, Trauer, Gefühle halt."

„Okay, dann lass uns sprechen. Was ist mit dir und Mats?"

„Was ist mit dir und Liz?"

In dieser Pattstellung starren wir einander an. Wer

macht den ersten Zug?

„Keine Sorge, alles, was du mir erzählst, nehme ich mit ins Grab", versucht es Friedrich mit Galgenhumor. Doch darüber kann ich nicht lachen.

„Keine Ahnung, wie ich dir das erklären soll. Ich verstehe es selbst nicht. Ich dachte, ich will ihn nicht, weil er Arzt und nicht so ... so sensibel ist wie ich", beginne ich stockend.

„Aber ...?", hilft er mir auf die Sprünge.

„Aber Tatsache ist, dass ich in ihn verliebt bin. Ich habe gehofft, das Medizinstudium würde uns zu ebenbürtigen Partnern machen, also ich meine, dass dann eine gleichberechtigte Beziehung zwischen uns möglich wäre. Doch er will mich jetzt gar nicht mehr."

„Ich finde interessant, was du unter Gleichberechtigung verstehst. Meinst du, es können nur zwei Menschen miteinander glücklich werden, die denselben Beruf, dasselbe Gehalt et cetera haben?"

„Nein, nicht denselben Beruf, aber zumindest gesellschaftlich gleich angesehen sollten sie sein."

„Warum denkst du das?"

„Na, ich sehe das doch jeden Tag im Krankenhaus. Die Ärzte sind die großen Macher und schauen auf uns Krankenschwestern herab, weil wir die stumpfsinnigen Hilfsarbeiten erledigen, für die man angeblich keinen Grips haben muss! Sie behandeln uns schlecht, machen anzügliche Witze ..."

„Alle?", unterbricht er mich.

„Nicht alle. Aber ..."

Wieder fällt er mir ins Wort. „Hast du schon mal woanders gearbeitet als im Krankenhaus?"

„Nein, wieso?"

112

„Hast du dasselbe Gefühl, wenn du mit einer Ärztin zusammenarbeitest? Dass sie dich nicht wertschätzt und auf dich herabsieht?"

„Nein. Ich ... Ich denke, nicht. Da gab es nicht so viele ..."

Er wartet und lächelt. Ich komme mir dumm vor, weil ich auf der Leitung stehe.

„Was ist?", frage ich genervt.

„Ich glaube, du hast eher ein Problem mit Männern an sich als mit Ärzten. In jeder Firma gibt es Idioten, die glauben, sie wären etwas Besseres als ihre Kolleginnen. Und überall, an jeder Ecke, stehen Männer, die glauben, man hält sie für einen tollen Hecht, wenn sie sexistische Witze von sich geben. Schau dich mal um! Ich dagegen kenne Scharen von Ärzten und Ärztinnen, die mit größter Hochachtung von den Krankenschwestern und Pflegern sprechen. Die ganz genau wissen, wie unterbezahlt und unterbesetzt diese Posten sind, obwohl sie die schwersten Tätigkeiten in der Krankenpflege verrichten. Ich weiß noch, wie dankbar meine Kollegen und ich während der Ausbildung waren, dass erfahrene Krankenschwestern uns zur Seite standen. Wir wären alle durchgefallen ohne ihre Hilfe! Oder schlimmer noch, Menschen wären gestorben. Aber in einer Hinsicht hast du recht. Natürlich gibt es ein Ungleichgewicht, was Ansehen und Bezahlung angeht, um das sich die Politik endlich kümmern sollte. In der Bildung tut sich da ja schon einiges, zum Beispiel wurde der Pflegeberuf nun akademisiert. Das bietet vollkommen neue Möglichkeiten."

Verblüfft sehe ich ihn an, doch er spricht unbeirrt weiter: „Unter einer gleichberechtigten Partnerschaft verstehe ich, dass die Meinung von beiden gleich viel Wert hat. Dass die Bedürfnisse beider berücksichtigt werden, und die können vollkommen unterschiedlich aussehen. Dass jeder seine Eigenheiten ausleben darf. Also Gleich- berechtigung hatten Liz und ich immer genug. Auch als Arzt und Krankenschwester."

„Und was ist euer Problem?", frage ich vorsichtig.

Er schnaubt durch die Nase. „Liebe. Das ist unser Problem."

NEUNUNDZWANZIG

Oben in meinem Zimmer, nach dem Duschen, stehe ich eingewickelt in ein großes Badetuch am Fenster und schaue in den Garten. Liz taucht eine gelbe Gießkanne immer wieder in die Regentonne und wässert den großzügig angelegten Bauerngarten, einen viereckig abgesteckten Bereich, in dem Blumen und Kräuter zwischen Gemüsepflanzen wachsen.

Die Sonne geht gerade unter, der Himmel zeigt eine zarte Palette von Rosa, Lila und Blau. In den Beeten dagegen herrschen die kräftigen Farben, Grün, Orange und immer noch Rot. Liz zupft welke Blüten ab und schaut immer wieder gen Himmel. Sie sieht traurig aus und allein. Sollte ich ein Gespräch mit ihr suchen? Braucht sie vielleicht eine Vertraute? Doch als Liz ins Haus zurückgeht, schaffe ich es nicht, mich vom Fenster loszureißen.

Was mich fesselt, ist das Wirrwarr der Vögel in der Luft, die sich vor dem Winter sammeln. Ich kenne mich bei Vögeln nicht aus und einzelne Exemplare finde ich auch nur minder interessant. Doch solche Scharen, diese schwarzen Wolken voller gefiederter Körper, faszinieren mich unendlich. Wie sie es schaffen, stets in einer Formation zu bleiben, wie sie sich abwechseln in ihrer Position nach Anstrengungsgrad. Wissen sie es? Dass sie ein Team sind? Dass sie voneinander abhängig sind? Oder ist das alles nur purer Instinkt?

Dann sind sie verschwunden und die letzten Sonnenstrahlen sind weg. Ich denke darüber nach, was Friedrich vorhin gesagt hat. Laut seiner Definition kann Gleichberechtigung in einer Beziehung jederzeit geschaffen werden, wenn nur der Wille dazu da ist. Liebe jedoch ist reine Glückssache. Sie ist da oder sie ist weg. Ich dachte immer, es müsste erst Gleichberechtigung geschaffen werden, damit Liebe überhaupt wachsen kann.

Gedankenverloren lasse ich mich auf das weiche Bett fallen. Das Handtuch klafft auseinander und ich sehe meinen nackten Körper. Mein gewaschenes Haar kringelt sich beinahe schwarz über meine Schultern und Brüste. Ich rolle eine Strähne um meinen Zeigefinger, dann wische ich die Haare weg.

Das dämmrige Licht wirft unregelmäßige Schatten auf mich, ich fahre mit den Fingern ihre Umrisse nach, einen nach dem anderen. Meine Haut ist kühl von der Dusche, meine Handfläche ist heiß. Ich denke an Mats, an seine trockenen, warmen Hände, seine kraftvollen Finger. Das erregt mich.

Ich stelle mir vor, dass er es ist, der über meinen Bauch und außen über meine Schenkel streicht, die Knie sanft auseinanderdrückt und an der Innenseite hinabgleitet. Dann wieder hinauffährt, einen Finger ableckt und meine Brustwarze damit umkreist. Mein Atem wird immer schneller, die Lust beinahe unerträglich. Meine Hand wandert gezielt zwischen meine Schenkel und nach ein paar Berührungen an den richtigen Stellen durchzuckt ein erlösender Orgasmus meinen Körper.

Mein Atem wird ruhiger und meine Augen werden nass. Ich rolle mich zur Seite und schlinge das Badetuch um meinen Körper, igle mich ein. Ich schluchze. Er fehlt mir so sehr. Und dabei ist sein Zimmer nur den Flur hinunter. Die paar Wände, die zwischen uns liegen, werden von Tag zu Tag dicker.

DREISSIG

Zwei Tage später ruft mein Vater an. „Wie läuft's bei dir? Ist mein Paket gut angekommen?"

Ich verlasse Friedrichs Zimmer und gehe ins Wohnzimmer, um ohne Zuhörer telefonieren zu können.

„Papa, sag mal, hatten Mama und du eigentlich eine gleichberechtigte Beziehung?"

„Ähm, wenn du meinst, ob wir im Haushalt halbehalbe machten, dann eher nein. Sie hat ja weniger gearbeitet als ich, sie wollte mehr Zeit mit dir verbringen und Zeit zum Fotografieren haben. Sie hat schon mehr gemacht als ich. Aber Helga war ja auch noch da. Ich ..."

„Nein, ich meinte, ob du ihre Meinung als genauso wichtig ansahst wie deine, obwohl sie nur Krankenschwester war."

„Was hat das damit zu tun? Wenn es um einen Eingriff am Gehirn ging, dann zählte vermutlich meine Meinung mehr. Wenn es um Fragen ging, in denen sie mehr Ahnung hatte, dann zählte ihre Meinung mehr. In allen anderen Dingen wogen unsere Meinungen gleich viel und wir diskutierten das aus."

Bin ich wirklich die Einzige, die das Gefühl hat, dass Krankenschwestern in einer Beziehung zu einem Arzt die Schwächeren sind? Oder hat Friedrich recht und es liegt an mir? Mats hat mich eigentlich nie spüren lassen, dass er mich nicht wertschätzt. Im Gegenteil. Sogar mein Vater findet, dass es keine Probleme in einer Beziehung zwischen Arzt und Krankenschwester gibt.

Wobei, da fällt mir ein: „Aber warum wolltest du dann immer, dass ich Medizin studiere, wenn du den Pflegeberuf als genauso wertvoll empfindest wie deinen?"

Mein Vater räuspert sich. Die Frage ist ihm hörbar unangenehm. „Ich, also, war das nicht offensichtlich? Ich hatte wohl gehofft, es würde uns einander näherbringen, wenn wir etwas gemeinsam hätten. Du bist mir so entglitten seit Mamas Tod. Es war mir unmöglich, mit dir darüber zu sprechen. Ich fühlte mich unsagbar schuldig, dass ich sie nicht retten konnte. In der ersten Zeit hatte ich kaum die Kraft, dir in die Augen zu schauen. Ich wäre vor dir zusammengebrochen wie ein Häufchen Elend."

Verdammt, Papa, dabei wäre das das Einzige gewesen, das ich damals gebraucht hätte, denke ich.

„SIE ist das, was wir gemeinsam haben ... oder hatten", flüstere ich unter Tränen.

Dann lege ich auf. Das Gespräch hat länger gedauert, als ich vorhatte, also gehe ich schnellen Schrittes zurück zu Friedrichs Zimmer. Als ich mir die Tränen abwische und an der offenen Tür zur Küche vorbeigehe, sehe ich Mats darin stehen, ein Glas in der locker herabhängenden Hand. Vermutlich war er die ganze Zeit schon hier und hat mitgehört.

Er blickt mir forschend in die Augen, doch ich gehe rasch weiter. Ich habe keine Lust auf ein weiteres Schweigen zwischen uns. Ich beschließe, Friedrich in den Rollstuhl zu setzen und eine Weile spazieren zu fahren. Ich kann Mats' Nähe gerade ganz schlecht ertragen.

Als ich Friedrich die Zufahrt hinunterschiebe, fährt uns Liz, die aus dem Nachtdienst kommt, entgegen. Sie winkt uns zu, bleibt aber nicht stehen. Friedrich blickt starr nach vorn, dann stellt er trocken fest: „Schon überraschend, wie schweigsam Mats und Liz sein können, wenn sie nicht weiterwissen, nicht wahr? Die alten Quasselstrippen."

Ich verschlucke mich fast an meiner eigenen Spucke, so plötzlich muss ich loslachen. Ein Lachkrampf hält mich regelrecht gefangen, bis ich mir die Seiten halten muss, weil sie so schmerzen. Ich kann nicht mehr. Genau das habe ich gebraucht. Glücklich und gelöst stelle ich die Bremse des Rollstuhls fest, gehe nach vorne zu Friedrich und umarme ihn innig.

Gerührt tätschelt er mein Schulterblatt und murmelt: „Das kriegen wir schon hin."

EINUNDDREISSIG

Jedes Jahr zur Erntezeit gibt es im Dorf ein rauschendes Fest mit Musik und Tanz, Schauhandwerk und steirischen Köstlichkeiten und Friedrich möchte hin. Als geschätzter Landarzt der Region ist er einer der Ehrengäste, und er will die Gelegenheit nutzen, sich von vielen Bekannten zu verabschieden.

Ich bewundere ihn für seinen Umgang mit dem Tod und bin gerne dabei. Liz ist nicht begeistert. Mats sieht es als seine Pflicht an, sich als Friedrichs Nachfolger blicken zu lassen. Ich hole Rosas Erlaubnis ein, ihr traditionelles Steirerdirndl auszuborgen, und sie nimmt mir das Versprechen ab, ihr unbedingt ein Foto von mir darin zu schicken.

Am Samstagnachmittag machen wir uns zu viert, alle „hergeschwanzt" in Steireranzügen und Dirndln, auf den Weg zum Hauptplatz. Friedrich fühlt sich so weit wohl. Der Rollstuhl kaschiert seine körperliche Schwäche und Mats hat sich höchstpersönlich um die Partydosierung der Schmerzmittel gekümmert. Nicht so viel, um schläfrig zu werden, und nicht zu wenig, um den Abend genießen zu können.

Schon aus der Ferne hören wir lustiges Geschnatter und

volkstümliche Musik. Die Menschen tratschen und tanzen ausgelassen, ringsum stehen Stände und Tische mit allerlei Genüssen, und dem Sturm, dem neuen Wein, wird ordentlich zugesprochen. Kinder spielen Fangen zwischen den Tischen und essen Zuckerwatte. Eine herrlich mitreißende Stimmung.

Die Bürgermeisterin begrüßt uns herzlich und bittet uns an ihre Tafel. Ringsum ertönt ein großes Hallo, denn viele Bekannte haben Friedrich schon wochenlang nicht mehr gesehen. Er wird umarmt und geherzt von mütterlichen Bäuerinnen. Gestandene Mannsbilder klopfen ihm auf den Rücken und dankbare Patienten drücken sanft seine Hände.

Er genießt das Bad in ihrer Zuneigung, das kann ich sehen. Ob es ihm schwerfällt, all das bald aufzugeben? Auch Liz und Mats werden belagert von Freunden, vielleicht auch Verwandten? Liz ist in dieser Ortschaft aufgewachsen und pflegt lebenslange Freundschaften. Und Mats trifft auf alte Schulfreunde und tauscht sich aus.

Ich werde von den meisten neugierig gemustert. Man fragt sich wohl, wer ich bin. Zwei alte Bäuerinnen bringen uns Most, den unvergorenen Traubensaft, Schwarzbrot mit Kürbiskernaufstrich, Knoblauchwurzn – harte Rohwürste, wie ich feststelle – sowie Geselchtes.

Sie lächeln mir aufmunternd zu. „Bittschön, die junge Frau Doktor! Lassen S' Eahna schmecken!"

„Ich, nein, ich bin nicht ..." Ich werde rot, doch sie sind schon weg.

Mats hat zum Glück nicht gehört, dass ich als seine Frau tituliert werde. Er ist aufgestanden und steht etwas abseits im Gespräch mit einem etwa gleichaltrigen Mann, der sich auch bald in meine Richtung dreht und mir gegenüber am Tisch Platz nimmt. Mats will ihn noch zurückhalten, doch setzt sich dann daneben.

Der Fremde streckt mir die Hand über dem Tisch entgegen. „Servus! Ich bin der Simon. Schön dich kennenzulernen."

„Leni", entgegne ich und ergreife sie. Er hält meine Hand fest.

„Darf ich dich zum Tanz auffordern? Nachdem es der Herr Doktor nicht tut!" Er zeigt ein charmantes Lächeln mit einem Seitenblick auf Mats.

„Ähm, ich weiß nicht."

Liz kommt mir zur Hilfe. „Klar, Leni, du musst! Amüsier dich!"

Und schon hat mich Simon auf die Beine gezogen und führt mich auf den hölzernen Tanzboden. Beherzt fasst er mich um die Taille und wir wirbeln los im Takt der Polka. Erst bin ich unsicher, aber ich entspanne mich bald. Das ist ganz etwas anderes als damals beim *Elmayer*.

Ja, auch ich war in der renommiertesten Tanzschule Wiens, mein Vater hatte darauf bestanden, auch wenn ich das etwas übertrieben fand. Doch hier achtet niemand penibel auf Schritte und Haltung, niemand trägt weiße Handschuhe. Hier macht es einfach nur unfassbar viel Spaß.

Simon ist ein geübter Tänzer und bestimmt ein Herzensbrecher, so gebräunt und trainiert, wie er aussieht. Die hellbraune Tolle meisterlich ungekämmt frisiert, als käme er direkt aus dem Bett, ein zarter Dreitagebart umschmeichelt verwegene Gesichtszüge.

Er fragt: „Gefällt es dir bei uns? Hast du Lust, dass ich dir mal ein bisschen von der Gegend zeige?" Seine blauen Augen funkeln herausfordernd.

Ich bin mir sicher, er weiß, wie er auf Frauen wirkt. Solche Männer habe ich immer gemieden. Sie waren mir nie ganz geheuer.

Und dennoch, ich bin einsam hier, so ohne Freunde, ohne Kolleginnen. Mit Mats, der mich gekonnt ignoriert, mit Liz, die sich kaum Zeit nimmt, um drei Worte mit mir zu wechseln. Ich sollte Simon eine Chance geben, ihn nicht voreilig verurteilen. Vielleicht ist er ja gar nicht so oberflächlich, wie er aussieht ...

Das hier ist eine wunderschöne Landschaft, mit sanft geschwungenen Hügeln, dichten Wäldern, malerischen Dörfchen, und ich kenne gerade mal das Gutshaus und Liz' Garten.

„Ja! Ja, warum nicht? Ich würde mich freuen, mehr von der Gegend zu sehen! Abends habe ich meistens frei."

Mein Blick fällt rüber zu Mats, der uns beobachtet, aber nicht erkennen lässt, was er davon hält, und schweift weiter zu Friedrich, der bleich und erschöpft aussieht.

„Ich glaube, ich gehe besser. Danke für den Tanz! Bis bald, ja?"

„Bis bald, Leni!"

Mats sieht mich nicht an, als ich zum Tisch zurückkomme.

Liz ruft: „Das sah toll aus, Leni! Mats, steh auf und stell dich neben sie, dann mache ich ein Foto für Rosa. Sie wäre so gern dabei gewesen."

Friedrich sagt: „Ich muss ins Bett. Ich kann nicht mehr." Und an Liz gewandt: „Bringst du mich nach Hause? Dann können die Jungen noch bleiben."

Liz' Zornesfalte wird sichtbar.

Mats sagt: „Ich bin ehrlich gesagt auch müde."

Und ich meine: „Das ist doch eigentlich mein Job."

Und so machen wir vier uns wieder gemeinsam auf den Rückweg.

Jeder hängt seinen Gedanken nach und ich höre Friedrich murmeln: „Was für eine Trauergesellschaft."

Im Haus verabschieden wir uns von den beiden anderen und ich helfe Friedrich ins Bett, verabreiche ihm die Medikamente für die Nacht.

„Es war ein schöner Abend, nicht wahr?", fragt er mich.

„Ja, das war es! Es hat richtig gutgetan, mal rauszukommen, findest du nicht?"

„Du solltest das viel öfter tun, Leni!"

„Vielleicht. Schlaf gut, Friedrich."

„Gute Nacht."

ZWEIUNDDREISSIG

Es ist noch gar nicht spät, obwohl schon dunkel geworden. Der Himmel steht voller Sterne, die Luft ist angenehm mild. Ich nehme mir eine Decke und beschließe, mich für eine Weile in den Garten auf eine Liege zu legen. Bald wird es dazu zu kalt sein.

„Da hatten wir wohl dieselbe Idee", erschreckt mich eine Stimme aus der Dunkelheit.

Auf einem der beiden Sonnenbetten hat sich Liz ausgestreckt, in der Hand eine Flasche Rotwein.

Ich lege mich auf das andere und sie reicht mir die Flasche. „Möchtest du?"

Zögerlich ergreife ich sie und nippe daran. Er schmeckt gut, warm und fruchtig. Ich genehmige mir noch einen etwas größeren Schluck.

Sie beginnt zu sprechen, doch es klingt eher, als würde sie laut nachdenken und keine Antwort erwarten: „Was mache ich nur, wenn er tot ist? Soll ich dann mit Mats hier zusammenleben? Er kann schließlich nicht ewig in seinem Kinderzimmer wohnen, er muss wirklich was Eigenes haben in seinem Alter! Aber für mich allein ist der alte Gutshof viel zu groß! Ich meine, er hat elf Schlafzimmer! Meine

Vorfahren wohnten hier seit Generationen. Ich kann den doch nicht verkaufen! Und Fritz tot, die Kinder weg, was ist das dann noch für eine Familie?" Verbittert schüttet sie den Wein in sich hinein und fährt aufgebracht fort: „Ich bin so wütend auf ihn! Er hat geschworen, mich nie zu verlassen. Er hat es geschworen. Und jetzt macht er sich aus dem Staub. Weißt du, was er zu mir gesagt hat nach der Diagnose? Er sagte, bald sei ich frei und könne endlich kriegen, was ich immer wollte." Sie hält die Hand vor den Mund, um ihr Schluchzen zu ersticken, drückt mir die Flasche in die Hand und flieht ins Haus.

Ich bleibe noch eine ganze Weile liegen und trinke die Flasche leer. Dann wanke ich rauf in mein Bett.

Zumindest dachte ich das. Denn als ich mit brummendem Schädel erwache, ist irgendetwas anders. Es riecht, ja, mein Bett riecht nach ... Ist das Axe Deospray? Ich schlage die Augen auf. Das Tageslicht, viel zu hell für meinen Zustand, kommt von der falschen Seite. Das Fenster ist auf der falschen Seite. Das ist gar nicht mein Zimmer!

Neben mir im Bett liegt Mats und rührt sich nicht. Was für ein Glück! Er hat gar nicht bemerkt, dass ich in seinem Zimmer geschlafen habe. Warum um alles in der Welt bin ich von den elf Schlafzimmern ausgerechnet in seinem gelandet? Ganz leise schäle ich mich aus der Decke und rolle vom Bett.

Verdammt, ich habe mich in der Nacht auch noch vollkommen nackt ausgezogen! Auf dem Boden hockend sammle ich meine Kleidung, Schuhe und Handy ein und sehe zu, dass ich so schnell wie möglich aus dem Zimmer komme. Die Tür knarrt leise, aber Mats bewegt sich immer noch nicht. Ich schließe die Tür hinter mir so leise, wie es geht.

Mein Kater ist schlagartig verflogen, so viel Adrenalin strömt durch meine Adern. Ich muss mich erst mal im Flur an die Wand lehnen, um mich zu beruhigen. Da bimmelt mein Handy und hinter der Tür klingelt seines. Puh, das war gerade noch rechtzeitig. Ich öffne die Nachricht, und es erscheint unser erstes und einziges gemeinsames Foto. Ich im Dirndl mit vom Tanzen geröteten Wangen und Mats im Janker und mit gequältem Lächeln. Rosa wird begeistert sein.

DREIUNDDREISSIG

Nach der Dusche sehe ich nach Friedrich. Er ist heute guter Dinge.

„Lass uns die Briefe deiner Mutter lesen, ja?", schlägt er vor.

„Ja, gerne! Aber vorher muss ich unbedingt frühstücken. Kommst du mit?"

Ich verabreiche ihm seine Enzyme und Vitamine sowie ein Schmerzmittel, dann schiebe ich ihn in die Küche. Liz ist schon da, vor sich eine große Kanne Grüntee. Ich setze mich zu ihr. Beide lieben wir unser Müsli am Morgen.

„Sag mal, nimmst du für dich immer Kuhmilch oder auch pflanzliche Alternativen?", frage ich Liz.

„Also ehrlich gesagt verwende ich Kuhmilch, obwohl ich schon längst eine andere probieren wollte, aber es gibt so viele verschiedene, dass ich gar nicht weiß, was ich versuchen soll ... Soja, Mandel, Kokos ... Welche ist denn gut?"

„In Wien hatte ich Hafermilch, die finde ich geschmacklich gut, besser als Sojamilch; und sie ist regionaler als Mandelmilch oder Kokosmilch. Weißt du zufällig, ob es die hier im Dorf gibt?"

„Ich schaue beim nächsten Einkauf für dich nach. Die

würde ich gerne mal probieren ..."

Mats kommt verschlafen dazu und teilt sich mit seinem Vater die Zeitung. Er sieht unglaublich süß aus mit wuscheligem Haar und ausgeleiertem T-Shirt. Ich wünschte, ich könnte ihn eine Weile unbemerkt anschauen, doch er versteckt sich hinter der großformatigen Seite.

Es kam bisher nicht oft vor, dass wir alle zur selben Zeit am Frühstückstisch saßen, und es wirkt wie der wunderbar friedliche Sonntagmorgen einer harmonischen Familie. Wenn es nicht unter der Oberfläche gären und brodeln würde ...

Von fern hören wir ein Motorengeräusch näher kommen und vor dem Haus verstummen.

Mats geht hinaus, weil er vermutet, dass ein Arzt gebraucht wird, doch nach kurzer Zeit kehrt er zurück und sagt säuerlich: „Für dich, Leni. Es ist Simon, er will dich abholen."

„Ja, er meinte, er würde mir die Gegend zeigen. ... Ich sage ihm, dass er am Abend wiederkommen soll, wenn ich frei habe", erwidere ich hastig und laufe hinaus.

Als ich wieder am Tisch Platz nehme, funkelt Mats mich wütend an. „Übrigens, das hast du heute früh bei mir vergessen!" Und er zieht etwas aus seiner Hosentasche und wirft mein Höschen direkt auf den Tisch. Ich schnappe es schnell, doch natürlich haben die beiden anderen es schon gesehen.

Ich quieke: „Ich habe mich nur im Zimmer geirrt! Das war keine Absicht!"

Liz ruft aus: „Matthias! Jetzt sei nicht so kindisch!"

Und Mats verlässt wutentbrannt den Raum.

Friedrich blickt zu Liz und konstatiert kalt: „Kindisch nennst du das? Es tut halt weh zu wissen, dass man nicht der Einzige ist. Aber für solche Gefühle hast du ja kein Verständnis übrig."

Da knallt Liz den Löffel demonstrativ in die Müsli-schüssel und verschwindet ihrerseits aus dem Zimmer. Ich sitze da und lasse den Kopf in meine Hände sinken.

VIERUNDDREISSIG

Ich frage mich, was Mats so treibt, wenn er wie heute nicht arbeitet. Wo er sich bloß immer versteckt? Friedrich und ich haben am heutigen Tag jedenfalls eine schöne Beschäftigung. Wir ackern uns durch die Briefe, die meine Mutter meinem Vater über die Jahre geschrieben hat.

Da sind Briefe aus der Anfangszeit ihrer Beziehung, aus denen man ihre Vorsicht lesen kann, sich ihm nicht zu schnell und nicht zu endgültig hinzugeben. In denen sie ihm Versprechungen abringt, fast wie in einem Ehevertrag.

Da sind Briefe aus der ersten Zeit ihrer Ehe, voll von verliebter Sehnsucht und Lobpreisungen seines Charakters. Und dann sind da Briefe aus den späteren Jahren, als ich schon größer war. Briefe aus unserem Urlaub zu ihm nach Wien, in denen sie ihn eindringlich bittet, auf sich zu achten, nicht zu viel zu arbeiten, nicht dauernd einer Professur, Ruhm und Geld nachzujagen, sondern auch zu leben. Für sie beide, für uns als Familie.

Friedrich meint: „Ich glaube, deine Mutter hat deinen Vater sehr geliebt. Und sie hat gekämpft für ihr Glück."

Diese Vorstellung gefällt mir. Anscheinend war sie nicht nur meine liebevolle Mama und Krankenschwester aus Leidenschaft, sondern auch eine wilde, selbstbestimmte Frau, sportlich, kreativ und kämpferisch. Ich kann verstehen, warum mein Vater sich Hals über Kopf in sie verliebt hat.

Friedrich sieht aus dem Fenster. „Für mich war Liz auch immer die Größte ... Wir kannten uns seit Jugendtagen, durch die Katholische Jungschar. Im Nachhinein denke ich, ich war schon immer in sie verliebt, doch so richtig klar war mir das nicht. Sie war bereits damals selbstbewusst und zielstrebig, sie war so was wie die Anführerin unter den Mädchen, und das imponierte uns Jungs. Und sie hatte Horst. Das war ihr fester Freund, seitdem sie vierzehn war. Ich weiß bis heute nicht, was sie an ihm fand. Er war nicht gut für sie, er war nicht gut zu ihr. Ein seltsamer Typ ..."

„Und wie fandet ihr zueinander?", will ich wissen.

„Als ich zum Studium nach Graz ging, begegneten wir uns öfter. Sie war schon Krankenschwester an der Uniklinik. Wir hatten berufliche Überschneidungen und unsere Freundschaft vertiefte sich. Horst verbrachte den Sommer in Chicago, um sein Englisch zu verbessern, und am Tag seiner Rückkehr hatten sie einen furchtbaren Streit. Heulend kam sie bei mir an und suchte Trost. In dieser Nacht haben wir zum ersten Mal miteinander geschlafen, und das Ergebnis dieser Nacht war Mats. Wir heirateten, zogen hierher, Rosa kam zur Welt. Versteh mich richtig, wir hatten schöne Jahre zusammen. Und doch glaube ich, dass Horst ihre große Liebe war und vielleicht immer noch ist. Vor ein paar Monaten hörte ich, dass der große Manager nach Jahren im Ausland wieder zurück in Graz ist. Tja, bald ist sie frei für ihn."

Aufmerksam lausche ich seiner Geschichte. Ich bin

überrascht und verwirrt. Wie kann ein Mann, der so großartig gelassen mit seinem nahenden Tod umgeht, gleichzeitig so verbittert sein über etwas, das vor einem Vierteljahrhundert passiert ist? Ist es am Ende eine Genugtuung für ihn, als der Gute die Bühne zu verlassen? Und Liz bleibt zurück als die ewige Büßerin?

Oder fällt es ihm einfach leichter, zu gehen, wenn er wütend auf sie ist, anstatt um sie zu trauern? Ein leises Knattern aus der Ferne reißt mich aus meinen Gedanken. Simon ist im Anrollen.

„Leni! Ich bitte dich nur um eines. Egal für welchen Mann du dich in deinem Leben noch entscheidest, tu es aus ganzem Herzen. Niemand hat es verdient, ein halbes Leben lang zu zweifeln." Und damit entlässt er mich mit einem Wink in Richtung Tür. „Und nun hab Spaß! Du bist viel zu jung für dieses ernste Gebrabbel eines sterbenden Mannes."

Ich drücke ihm einen Kuss auf die Stirn und verspreche: „Ich sehe später noch nach dir, ich werde nicht lange fortbleiben." An der Tür drehe ich mich noch mal um. „Friedrich, ich genieße jedes einzelne Gespräch mit dir!"

Tatsächlich, ich habe Friedrich und unsere Unterhaltungen liebgewonnen. Er wird mir fehlen, wenn er ...

FÜNFUNDDREISSIG

Simon sitzt in James-Dean-Manier auf seiner Maschine und reicht mir einen Helm. Allein eine Zigarette im Mundwinkel fehlt. Dann schwinge ich mich hinten drauf und kralle mich in seine Lederjacke, denn er braust augenblicklich los.

Ich würde mich gerne umsehen, ob ich Mats irgendwo entdecken kann, doch der Helm schränkt meine Sicht sehr ein und ich muss mich darauf konzentrieren, nicht vom Motorrad zu fallen.

Wir machen eine schöne Runde durch die Region. Die Wälder und Felder sind traumhaft gefärbt in den unterschiedlichsten Gelb-, Rot- und Brauntönen. Die Weinreben sind voll behängt mit prallen, schweren Trauben.

An einem Hang, der seiner Familie gehört, lässt Simon mich einige der Trauben kosten. Sie platzen regelrecht auf im Mund und schmecken herrlich nach Sonne, nach Süße, nach Herbst. Und wieder bin ich von der Natur in diesem Gebiet wie verzaubert. Die sanften Hügel, die einladenden Wälder und der weite Blick berühren mein Herz.

Simon lädt mich auf ein Glas in das Gasthaus seiner Familie ein. Bei dem einen Glas bleibt es natürlich nicht. Seine Mutter bringt steirische Köstlichkeiten und es gesellen sich seine Schwester samt Ehemann und zwei angeheiterte Freunde hinzu, die das Gespräch sofort an sich reißen.

„Jetzt sag einmal, Leni, welcher schmeckt dir besser, der Wiener Wein oder der Steirische? Gib's ruhig zu, du brauchst dich nicht genieren, sind ja keine Wiener anwesend!"

Ich lache. „Na gut, ich geb's zu, hier schmeckt der Wein einfach fantastisch!"

„Warst du schon einmal oben auf der Gamshüttn beim alten Alois? Wenn du einmal was richtig Uriges erleben möchtest, solltest du noch vor dem Winter hinaufwandern. Für so ein schönes Madl wie dich holt er sicher seine Zither hervor und singt ein paar alte Liebeslieder!"

„Aber dann müsst ihr mit mir gehen, sonst lässt er mich vielleicht nicht mehr hinunter!"

„Wenn du glaubst, dass du uns mehr vertrauen kannst als ihm! Hehehe!"

Ich genieße die harmlosen Scherze, die Unbeschwertheit, ohne an Friedrich und Liz, Mats, den Tod oder meine ungewisse Zukunft zu denken. Die Steirer sind ein lustiges Volk und ich fühle mich von ihnen herzlich aufgenommen. Und so verspreche ich beim Abschied, ganz bald wiederzukommen.

Simon, der auch nicht nüchtern geblieben ist, lässt die Maschine stehen und bedeutet mir, ihm hinter das Haus zu folgen. Was hat er vor? Kurz zögere ich, bin aber beschwipst genug und fest entschlossen, keine Spaßbremse zu sein.

Simon verschwindet im Stall und ruft: „Ich habe noch eine Überraschung für dich! Warte hier!"

Hoffentlich liegt der jetzt nicht nackt im Heu, denke ich und kichere nervös. Da führt er ein schwarzes Kaltblut aus dem Stall, fertig gesattelt und gezäumt.

„Fahren kann ich nicht mehr, aber der Bruno hier, der bringt uns sicher zurück zum Doktor." Er tätschelt das gutmütige Tier, den beeindruckenden Koloss, hoch und breit, massig, mit dicker Mähne und Schweif und langen Haaren über den stämmigen Fesseln.

„Jaaa!" Ich hüpfe und klatsche vor Begeisterung in die Hände. Er hilft mir, aufzusitzen und schwingt sich dann hinter mich aufs Pferd.

Und los geht es im langsamen Zotteltrab, vorbei an Friedhof und Kirche, durch das Dorf und über die Zufahrtstraße zum Gutshof. Schon bald wünschte ich, er hätte vor mir Platz genommen, denn es ist mir äußerst unangenehm, dass er so knapp hinter mir sitzt und unter meinen Armen hindurchgreift, um die Zügel zu halten.

Seine Unterarme berühren meine Taille und manchmal streift eine Hand meinen Oberschenkel. Ich spüre seinen Atem an meinem Haar und die Wärme seiner Brust an meinem Rücken. Und noch so einiges anderes. Die Reitbewegungen sind durchaus zweideutig.

Simon verhält sich ganz natürlich und kameradschaftlich und doch kann ich mich des Eindrucks nicht erwehren, dass er ganz genau weiß, was er tut. Und jetzt bin ich in der Bredouille. Ich hatte mir vorgenommen, ihm eine Chance zu geben, keine voreiligen Schlüsse zu ziehen und mich zu amüsieren. Aber etwas an ihm verunsichert mich.

Mats hätte mich bei unserem ersten Date niemals so plump angefasst. Mats war immer respektvoll und zurückhaltend. Mats. Ja, vielleicht würde ich Simons Berührungen sogar gutheißen und genießen, wenn da nicht Mats wäre. Aber sollte es mir nicht etwas sagen, wenn ich, in Reitbewegungen an einen Mann geschmiegt, an einen anderen denke? Ich meine, das sollte es.

Es ist mir unendlich peinlich, als Brunos Hufe in die Auffahrt des Gutshofes klappern. Egal wo Mats steckt, er hat uns sicher schon gehört. Es wird auch nicht besser, als Simon hinunterrutscht und mir dann vom Pferd hilft.

Er fasst mich von hinten an der Taille und lässt mich ganz langsam an seinem Körper entlang hinuntergleiten. Rasch drehe ich mich um und versuche, etwas Abstand zwischen uns zu bringen. Es ist schon finster, doch ich kann sehen, wie seine Augen dunkelblau und gierig funkeln.

Er greift nach mir und zieht mich fest an sich. Ich rieche den Alkohol in seinem Atem und beuge mich weit zurück, während ich mich mit den Händen von seiner Brust abstoße. Er öffnet die Lippen und versucht, mich zu küssen. Ich ducke mich unter meinem Arm hindurch und drehe mich aus seiner Umarmung.

„Also dann, gute Nacht! Und danke für den lustigen Abend", rufe ich, während ich die Freitreppe hinauflaufe.

Simon winkt wortlos und grinst. Sagen wir mal, es war der Alkohol, der ihn geritten hat. Leise öffne ich die Tür zu Friedrichs Zimmer, denn vielleicht schläft er ja bereits. Doch Mats weilt an seinem Bett und hält Friedrichs Hand in seiner. Er sitzt mit dem Rücken zu mir und hat mich noch nicht bemerkt.

Er spricht gerade: „... und wenn du gehst, dann geht sie auch. Was soll ich tun, Papa?" Mit dem Handrücken wischt er sich über die Augen.

Friedrich sieht auf zu mir. Rasch und lautlos schließe ich die Tür. Ich bin fast atemlos, so schnell galoppiert mein Herz.

SECHSUNDDREISSIG

Mit dem nächsten Morgen sind die sonnigen Herbsttage vorbei, es ist feucht und matschig draußen. Friedrich ist immer mehr ans Haus gefesselt. Bei den schlechten Wetterverhältnissen kann ich ihn nicht einmal in den Garten schieben.

Zum Glück kommt Rosa in den Herbstferien aus England nach Hause und bringt frischen Wind mit. Und der heißt Arthur. Seit einem Jahr sind die beiden ein Paar und nun möchte sie, dass ihre Eltern ihn kennenlernen. Er ist ein kräftiger, zupackender Bursche aus Cornwall mit großer Leidenschaft für Landschaftsbau, Bier und Rosa.

Selbst mir wird warm ums Herz, wenn ich sehe, wie die beiden einander anhimmeln. Friedrich und Liz schließen ihn augenblicklich in ihr Herz. Ich freue mich sehr, dass Rosa wieder da ist und ich endlich wieder die Gelegenheit habe, mich mit einer Frau meines Alters auszutauschen.

Rosa und ich stecken immer öfter die Köpfe zusammen und sehen gemeinsam die Zeitschriften durch, die sie vom Flughafen mitgebracht hat. Oder wir verbringen Stunden tratschend auf dem großen Sofa im Wohnzimmer, während Arthur seiner zweiten Leidenschaft nachkommt und im

Fernsehen Fußball guckt.

Gelegentlich setzt sich auch Mats dazu, obwohl er in seinem Zimmer ein eigenes Fernsehgerät hat, und ich werde das Gefühl nicht los, dass er viel mehr Interesse an unseren Gesprächen zeigt als an dem Sport.

Vor allem als seine Schwester mich über Simon ausfragt, kann ich förmlich sehen, wie seine Ohren immer länger werden und er den Atem anhält.

„Leni, Mama sagt, dass Simon dir den Hof macht. Erzähl mir alles ganz genau bis ins letzte Detail!", bittet Rosa.

Mats richtet sich auf.

„Ach, da gibt es nichts zu erzählen ..." Ich zögere und sehe Mats verstohlen schräg von hinten an.

Er gibt vor, sich auf das Spiel zu konzentrieren, verschränkt aber die Arme und lehnt den Oberkörper weiter in unsere Richtung.

„Ach komm! Meine halbe Schulklasse war jahrelang verknallt in ihn, mich eingeschlossen. Er ist eben wirklich verdammt gutaussehend!", kichert Rosa.

„Ja, und verdammt aufdringlich!"

„Was? Wieso? Erzähl's mir! Hat er dich geküsst?", ruft sie überdreht.

Arthur wirft uns einen finsteren Blick zu, macht den Fernseher lauter.

„Er hat mir vom Pferd geholfen und mich dabei an sich gedrückt, und dann ..."

Das entscheidende Tor fällt, der Jubel ist so ohrenbetäubend, dass Mats meine Worte nicht mehr verstehen kann. Er dreht den Kopf und schaut mich mit großen Augen an wie ein verletzter kleiner Junge. Dann steht er auf und verlässt den Raum.

„... wollte er mich küssen, aber ich habe ihn abgewiesen", sage ich langsam und sehe Mats hinterher. „Ich bin nämlich nicht verliebt in ihn."

Rosa folgt meinem Blick und öffnet den Mund, um etwas zu sagen, da wirft Arthur sich siegestrunken in ihre Arme und holt sich einen Kuss.

Ich wende mich ab. Mein Herz tut mir auf einmal so weh, als hätte es Seitenstechen.

SIEBENUNDDREISSIG

Am Abend bevor Rosa und Arthur zurück nach England fliegen, klopft es an meiner Zimmertür und Rosa schleicht herein.

„Darf ich reinkommen? Ich bin so aufgeregt! Arthur ist bei Papa, weil er um meine Hand anhalten möchte. AAAhhhh! Er hat mich vorhin gefragt. Schau mal, der Ring!"

„Oh, wie schön, Rosa! Ich freue mich so für euch! Lass mal sehen! Der ist ja unglaublich!"

Rosas Wangen sind vor Aufregung gerötet, doch in ihren Augen schimmern plötzlich Tränen.

„Was ist denn? Bist du nicht glücklich?"

„Doch, sehr ... Es ist nur ... Ich habe mir immer vorgestellt, dass mein Vater mich zum Altar führt ... Und nun ... Also wir wollen, dass die Hochzeit so bald wie möglich stattfindet, damit Papa noch dabei sein kann."

Ich halte immer noch ihre Hand mit dem Ring. Eine Träne rinnt über ihre Wange bis zu ihrem Kinn. Sie wischt sie fort und lächelt wieder. Ich hätte nicht gedacht, dass man in einem Gesicht Freude und Trauer gleichzeitig ablesen kann.

Dann hören wir von unten Liz rufen: „Rosa! Mats! Leni! Kommt herunter!"

Als ich die Tür öffnen will, hält Rosa mich zurück. „Übrigens, Leni, ich habe Mats gesagt, dass zwischen dir und Simon nichts gelaufen ist. Es aber laufen wird, wenn er nicht langsam in die Gänge kommt. Du kannst mir später danken!"

Und weg ist sie, hüpft lachend die Treppe hinunter und in Arthurs Arme. Ich folge ihr sprachlos und mit heißen Ohren in Friedrichs Zimmer. Mats öffnet mit großer Geste einen Champagner und wir stoßen mit dem glücklichen Paar an.

Dann verschwinden Liz und Rosa im Wohnzimmer, es gibt ja noch unzählige Dinge zu besprechen. Die Hochzeit soll schon im November stattfinden. Mats lädt seinen Schwager in spe auf ein Bier oder zwei ins Wirtshaus ein. Und Friedrich und ich bleiben zurück.

Eben hat er noch glücklich gewirkt und stolz sein großes kleines Mädchen betrachtet, nun verschließt er sich, wird griesgrämig. Ich beobachte ihn eine Weile, sein Mienenspiel, seinen inneren Kampf, bis die Tränen kommen.

„Kann ich etwas für dich tun?", frage ich zögernd.

„Weißt du eigentlich, wie mies sich das anfühlt? Das Leben geht weiter, einfach so, nur nicht für mich."

Ich denke eine Weile nach, dann erwidere ich: „Weißt du nicht mehr, wie mies es sich angefühlt hat, zurückzubleiben?"

„Nein, ich war zu jung. Meine Mutter starb, als ich drei Jahre alt war."

„Und trotzdem hast du dich ein Leben lang nach ihr gesehnt, nicht wahr?"

„Ja. Aber ich habe auch gelebt, geliebt und stellenweise überhaupt nicht mehr an sie gedacht ..."

„Du willst, dass man dich nicht vergisst?"

„Wofür habe ich denn gelebt, wenn nichts von mir bleibt?"

„Es bleiben deine Gene in deinen Kindern, Erinnerungen an dich, Menschen, die du geheilt hast. Ist das nicht genug?"

Er schweigt trotzig.

„Wie möchtest du denn in Erinnerung bleiben?"

„Als jemand, der von ganzem Herzen geliebt hat und voller Lebensfreude war ..."

„Dann hör auf, dich zu grämen, und lass uns anfangen!"

ACHTUNDDREISSIG

Gleich am nächsten Morgen, nachdem wir uns von Rosa und Arthur verabschiedet haben, hole ich Friedrichs Laptop, schiebe das Betttischchen über das Bett und er beginnt langsam und mit müder Hand Briefe zu tippen. An Mats, an Rosa, an Freunde und Verwandte, sogar an Arthur, nur Liz ist nicht dabei.

Manche dieser Briefe haben zehn Seiten und mehr. Er schreibt und schreibt. Dazwischen schläft er. Das geht so über Tage. Ich sitze in dem bequemen Sessel ihm gegenüber, lese und lausche den rhythmischen Tippgeräuschen. Schließlich bittet er mich, in die Ordination zu gehen, um die Briefe auszudrucken.

Ich laufe alle paar Minuten ans Küchenfenster, um zu sehen, wann Mats' Auto endlich verschwunden ist. Dann traue ich mich hinüber. Ich stecke den Laptop an und drücke auf Drucken. Während ich warte, sehe ich mich um.

Könnte ich mir vorstellen, in so einer Praxis als Ärztin zu arbeiten? Hier vielleicht noch eher als in einem Krankenhaus, wo die Patienten anonym wie am Fließband vorbeiziehen. Hier kennt man wenigstens seine Patienten, manche betreut man vielleicht von Geburt an bis ins Erwachsenenleben.

Und trotzdem, es interessiert mich gar nicht, welche Kinderkrankheit jemand hatte und welcher Knochen genau gebrochen ist, ob der Impfpass aktuell ist. Was mich interessiert, ist der Mensch dahinter und wie ich ihm eine schwierige Zeit am angenehmsten gestalten kann. Ich wünschte, das könnte ich für viel mehr Menschen tun als nur für Friedrich.

Ich wünschte, in einem Krankenhaus hätte ich so freie Hand, um nach eigenem Ermessen zu entscheiden, was der Patient braucht, wie viel Zeit ich ihm widme. Aber das geht natürlich nicht, es gibt schließlich Vorschriften und Standards.

Neben dem Drucker liegt doch tatsächlich das Foto, das Mats und mich zeigt. Er hat es anscheinend ausgedruckt.

„Wer druckt denn heute noch Fotos aus?", sage ich laut.

„Jemand, der nicht dauernd auf sein Handy glotzen kann."

Erschrocken drehe ich mich um. Mats steht in der Tür, seine Arzttasche in der Hand.

„Was machst du da?" Er kommt näher.

„Für deinen Vater!", rufe ich hastig. Ich reiße den eben fertig gewordenen Packen Papier an mich und schlüpfe an ihm vorbei durch die Tür. Er riecht so gut. O Gott, er riecht so gut. Ich laufe immer weiter bis in Friedrichs Zimmer. Dort lasse ich mich in den Sessel fallen und versuche, zu Atem zu kommen.

Friedrich grinst. „Hast du ein Gespenst gesehen?"

„So was in der Art", erwidere ich.

Mats hat doch tatsächlich gelächelt. Er hat mich angelächelt. Das erste Mal seit unserem Streit im Auto. Vielleicht ist er nicht mehr sauer auf mich.

„Und jetzt hast du die Kuverts vergessen!", zieht Friedrich mich auf.

NEUNUNDDREISSIG

Die Kuverts lasse ich mir lieber von Liz aus Graz mitbringen. Sie wollte ohnehin welche für die Hochzeitseinladungen besorgen. Es ist schon Anfang November und nur noch drei Wochen bis zur Hochzeit.

Doch Liz meint: „Ach was, die kommen schon! Was könnte jemand Wichtigeres vorhaben?"

Seit dem Eklat am Frühstückstisch herrscht Eiszeit zwischen Friedrich und Liz. Davor war die Stimmung auch nicht gerade rosig. Was für eine vergeudete Zeit, denke ich. Aber ich bin eindeutig die Falsche, um mir ein Urteil darüber zu erlauben.

Wäre ich eine andere, hätte ich vielleicht längst den ersten Schritt getan, um die Sache mit Mats zu bereinigen. Dann wäre ich über meinen Schatten gesprungen, hätte ihm meine Gefühle ausführlich dargelegt, mit Nachdruck darauf bestanden, auch seine Sicht der Dinge zu hören, und erst Ruhe gegeben, wenn er mir von Liebe übermannt um den Hals gefallen wäre.

Aber ja, das muss wirklich eine andere tun, denn ich für meinen Teil bin absolut und felsenfest davon überzeugt, dass es seine verdammte Aufgabe ist, die Dinge zwischen uns wieder geradezurücken, schließlich hat er mich so unsanft aus seinem Auto und seinem Leben katapultiert.

Es ist Liz, die den ersten Schritt macht. Wenn auch anders als erwartet. Eines Morgens, als ich Friedrich nach dem Waschen aus dem Badezimmer schiebe, kommt sie uns hastig entgegen, das Telefon am Ohr. Sie nimmt es herunter, ohne jedoch aufzulegen.

„Fritz, wie fühlst du dich heute? Geht's dir gut genug, um Besuch zu empfangen?"

„Ja, ich bin fit." Euphemismus.

Liz sieht mich fragend an.

„Es geht ihm nicht so schlecht heute. Er hatte sogar ein wenig Appetit", führe ich aus, ganz die Krankenschwester.

Sie nickt und führt das Telefon wieder ans Ohr. „Gut, dann ist das abgemacht. Heute um vier. Wir freuen uns!" Sie legt auf. „Ich habe Horst und seine Frau eingeladen. So hast du Gelegenheit, dir selbst ein Bild zu machen. Und dann können wir diese Geschichte hoffentlich ein für alle Mal hinter uns lassen, du eifersüchtiger Idiot!" Sie macht auf dem Absatz kehrt und entschwindet mit wehendem Haar.

Strike! Für die Amazone. Ich muss breit grinsen. Sie ist eine bemerkenswerte Frau. Genau so macht man das! Zum Glück sieht Friedrich vorne im Rollstuhl mein Gesicht nicht. Ich brauche diesmal etwas länger, um mein Pokerface wiederzufinden.

Friedrich ist empört. Sprachlos schnaubt er mehrmals verächtlich durch die Nase. Dann murmelt er unverständliche Worte vor sich hin und greift zur Zeitung, die er von vorne bis hinten, vom ersten bis zum letzten Buchstaben durchliest. So etwas dauert schon mal ein paar Stunden.

Danach schläft er lange, und als er nachmittags

erwacht, gibt er mir genaue Anweisungen, welches Hemd, welchen Pullover, welches Parfum ich ihm bringen muss. Das ist ein wichtiger Tag für ihn.

VIERZIG

Um vier biegt ein protziger SUV in die Einfahrt und bald darauf klingelt es an der Tür. Ich höre Liz die Gäste begrüßen und dann ins Esszimmer führen, wo Friedrich und ich bereits warten. Horst ist ein großer, bulliger Mann mit weißem Haarkranz um die Glatze und freundlichem Gesicht.

Seine Frau Moira scheint mindestens zehn Jahre jünger zu sein als er, ob sie es ist, kann ich nicht beurteilen. Sie sieht jedenfalls aus wie das All American Girl, das sie ist. Durchtrainiert, die Haare perfekt geföhnt, die Zähne perlweiß, die Haut sonnengegerbt. Und sie ist supernett. So richtig!

Sie findet es so „amazing", Liz endlich kennenzulernen, denn sie habe soooo viel von ihr gehört. Horst erzählt sogar ihren vier Kids davon, wie er durch Liz ein besserer Mensch geworden ist. Hätte Liz ihn damals nicht „so dramatic" verlassen, hätte er „never ever realized", dass er sich ändern muss.

Er „went into rehab", um mit dem Alkohol aufzuhören und seine „f**ing" Kindheit aufzuarbeiten. Und wie der Zufall es so wollte, traf er dort auf Moira, die wegen ihrer

„eating disorder in therapy" war. Es war „love at first sight" und sie beide „couldn't be happier". Sie strahlt Horst an und er tätschelt gerührt ihren Oberschenkel.

Dann wendet er sich an Liz. „Ich werde nie vergessen, was du zu mir gesagt hast. Erinnerst du dich?"

Liz zuckt verlegen mit den Schultern.

Horst fährt fort: „Du sagtest, du seist vermutlich die Einzige, die sehen könnte, dass etwas Gutes in mir steckte. Du habest lange Zeit versucht, dieses Gute herauszulocken. Doch nun könnest du dich nicht mehr um mich kümmern, nun wollest du dich um dich selbst kümmern, um dein eigenes Glück, denn du habest die wahre Liebe gefunden. Für mich war das damals wie ein Bauchschuss, ich konnte das überhaupt nicht akzeptieren. Du erinnerst dich, dass ich dich beinahe geschlagen hätte vor Wut? Inakzeptabel, absolut inakzeptabel! Als ich dir Monate später aus der Therapie den Brief schrieb, war ich so nervös. Doch indem du meine Entschuldigung annahmst, machtest du mich frei für einen Neuanfang, für ein neues, besseres Leben. Ich werde dir auf ewig dankbar sein, Liz! Ach ja, und vielen Dank für eure Weihnachtsgrüße jedes Jahr! Die Karten stehen immer auf unserem Kaminsims."

Liz winkt hastig ab.

Friedrich sieht erst überrascht zu ihr hinüber und sagt dann zu Horst: „Gern geschehen."

In dem Moment kommt Mats herein. Liz hat auch ihn zu Kaffee und Kuchen eingeladen, wenn es die Ordination erlaubt. Er stockt kurz, denn der einzige freie Platz ist zwischen Moira und mir. Er begrüßt die Gäste, setzt sich und bekommt eine Tasse Kaffee.

Die Luft zwischen uns beiden könnte man schneiden, ich traue mich nicht, ihn anzusehen. Dafür lehnt sich Moira immer weiter nach vorne und ihre Augen werden größer und größer.

Begeistert ruft sie aus: „Look at you! You two look gorgeous together! Horst, sind sie nicht the most beautiful Paar? Und sogar a doctor and a nurse – a dream team, genau wie Liz and Friedrich!"

Friedrich, Liz und allen voran ich grinsen gekünstelt. Mats räuspert sich, beugt sich galant zu Moira und sagt: „Vielen Dank!"

Friedrichs Sohn, eindeutig.

Um das Thema zu wechseln, erzählt Liz von dem bevorstehenden großen Tag: „Wir feiern übrigens bald Hochzeit! Im November ist es schon so weit! Rosas Zukünftiger heißt Arthur und ist Engländer. Du weißt doch noch, Horst, wie die Hochzeiten bei uns gefeiert werden, nicht? Das wird ein rauschendes Fest!"

„Oh lovely!", ruft Moira. „And our Daisy bekommt im November ihr zweite Baby. Look at these pictures!" Sie zückt das Handy und scrollt. „Und das ist our granddaughter Olivia ..."

„Darf ich fragen, was ihr beide beruflich macht?", sagt Mats interessiert.

„Moira war in Sacramento Patentanwältin. Da sie diesen Beruf in Österreich aber nicht ausüben darf, wird sie sich nun in Charities betätigen", erklärt Horst. „Und ich habe soeben die erste europäische Tochtergesellschaft meiner Investmentfirma eröffnet. Also solltet ihr jemals vorhaben, das alte Gemäuer zu verkaufen, lasst es mich wissen!" Er lacht selbstbewusst.

Als sich der Besuch verabschiedet hat, möchte ich Friedrich in sein Zimmer bringen, doch er winkt ab und sieht zu Liz. „Das kann doch Liz heute machen."

Sie nickt und lächelt ihm zu. Ich denke, die beiden haben einiges zu besprechen. Mats und ich verlassen das Esszimmer.

Er geht vor mir die Treppe hinauf, bleibt stehen und dreht sich halb zu mir um. „Also ich bestelle mir heute Abend Pizza. Willst du auch eine?"

„Ja gerne. Margherita?"

„Alles klar. Bis später."

Aufgeregt gehe ich auf mein Zimmer. Ist das ein Date? Wenn ja, dann ein ziemlich ungewöhnliches, wir wohnen schließlich unter einem Dach. Ungeduldig setze ich mich mit zappelnden Beinen auf mein Bett und warte. Als der Pizzabote endlich klingelt, treffen wir uns in der Küche und essen schweigend die Pizzen.

Keine Ahnung, wie man ein Gespräch beginnen soll, das vor Monaten abgebrochen ist. Mats war immer derjenige, der einfach drauflosgeplaudert und mich mitgerissen hat, ich selbst bin ziemlich schlecht in Small Talk.

Ich überlege krampfhaft, was ich Unverfängliches sagen könnte, solange er noch hier ist. Er hat nur mehr ein Stück Pizza übrig. Soll ich ihn nach seiner Arbeit fragen? Nein, besser nicht, das Arzt-und-Krankenschwester-Thema steht immer noch breitbeinig zwischen uns. Ich könnte etwas Humorvolles über Moira und Horst sagen. Aber womöglich denkt er dann, dass es mir unangenehm war, dass sie uns für ein Paar hielten und er es nicht richtigstellte? O Mann! Das Wetter vielleicht?

Da kommt Liz schwungvoll und bester Laune in die Küche und schnorrt sich sein letztes Stück. Sie nimmt ein Glas Rotwein dazu und setzt sich zu uns.

„Willst du noch ein Stück von meiner?", frage ich ihn zaghaft.

Doch er lehnt ab. „Danke, aber ich denke, ich nehme lieber noch ein Stück vom Kuchen."

„Ah, da fällt mir ein: Was meint ihr, welche Hochzeitstorte wir in Auftrag geben sollen? Mit Pariser Creme oder einer hellen Creme? Oder einfach beide? Ich muss Rosa fragen, ob die Torte mehrstöckig sein soll ...", grübelt Liz laut. „Was verwenden die denn traditionell in England? Wisst ihr das?"

Wir wissen es nicht. Nach dem Essen sind wir alle müde und gehen einer nach dem anderen zu Bett.

EINUNDVIERZIG

In der nächsten Woche habe ich viel freie Zeit. Liz und Friedrich haben einiges nachzuholen und sind stundenlang in Gespräche oder auch nur im gemeinsamen Schweigen vertieft. Ich freue mich sehr für sie, doch mir ist langweilig.

Ich telefoniere viel mit meiner Freundin Lisa, deren einziger Rat in der Angelegenheit mit Mats lautet: „Verführ ihn, warte nackt auf ihn! Sex hat noch jedes Mal funktioniert! Schon seit Abermillionen von Jahren!" Die spinnt doch!

Sogar mein Vater kommt in den Genuss mehrerer Anrufe von mir. Er ist gleich besorgt, ob alles in Ordnung ist, denn wir hören oder sehen uns sonst für gewöhnlich nur einmal pro Woche.

„Nein, nein, alles okay, Papa. Mir ist nur langweilig, habe aktuell wenig zu tun."

„Wenn dir fad ist, könntest du dich ja weiterbilden. Wegen mir musst du Medizin nicht machen ... Äh, das haben wir schon besprochen, du weißt schon, das war nur ein Versuch ... Aber wenn das nichts für dich ist, warum nicht im Pflegebereich? Du hast immer leicht gelernt. Vielleicht hast du Spaß daran. In dem Bereich tut sich momentan ganz viel."

„Das hat Friedrich auch schon gesagt. Vielleicht google ich das mal", erwidere ich nachdenklich.

Das Internet spuckt es schnell aus. Seit Kurzem gibt es einen akademischen Lehrgang der Gesundheits- und Krankenpflege, der die Lücke zwischen meiner Diplomausbildung und einem Hochschulstudium schließt.

Nach dem Lehrgang könnte ich direkt in das letzte Semester des Bachelors einsteigen und vielleicht sogar den Master Advanced Nursing anhängen. Ich fasse es nicht! Es klingt perfekt! Mit einem Masterabschluss hätte ich gute Berufschancen im Pflegemanagement und könnte direkt Einfluss nehmen auf die Qualität der Pflege, auf hauseigene Standards.

In Gedanken sehe ich mich schon durch eine kleine Privatklinik streifen, immer auf der Suche nach noch mehr Annehmlichkeiten, Freude und Anteilnahme für meine Patienten.

Und die Bewerbungsfrist für das kommende Semester läuft übermorgen ab! Ohne zu zögern, wähle ich die Nummer der Fachhochschule und lasse mir die Bewerbungsunterlagen mailen.

Einen Tag später habe ich alles fix und fertig und drücke mit dem rechten Zeigefinger auf Senden, während ich mir selbst gleichzeitig beide Daumen drücke. Ich bin so aufgeregt und quirlig, dass ich beschließe, eine kurze Wanderung zu machen. Ich war in den Wochen hier gar nicht im Wald oder auf einem Berg, von der Tour mit Simon einmal abgesehen, obwohl ich die Natur hier so sehr liebe. Doch schon Liz' Garten gibt mir so viel Kraft und Genuss, dass ich mich gar nicht wegbewegen wollte.

Heute allerdings muss ich mich auspowern, will schnaufen und schwitzen und die Welt von oben sehen. Vielleicht ist es auch der wunderbare Herbsttag, der mich dazu einlädt, ganz anders als die bisherigen grauen Novembertage.

Ich ziehe meine neu gekauften Wanderschuhe an und gebe Liz und Friedrich Bescheid, die dick in Decken und Felle gewickelt auf der Terrasse die Sonne genießen. Dann stapfe ich los.

Ich gehe denselben Weg, den Mats mir damals an seinem Geburtstagswochenende gezeigt hat. An der Lichtung, wo Bauer Johann seinen Unfall hatte, ist davon nichts mehr zu sehen. Die Straße wurde ordentlich saniert, der Hang gegen weitere Muren abgesichert.

Wie schön der Wald in dieser Jahreszeit ist. Nein, ein Wald ist in jeder Jahreszeit wunderschön, sogar in der kargsten. Doch der Herbst ist noch mal etwas ganz Besonderes. Dieses langsame Sterben, das Zurückziehen aller Kräfte, so majestätisch, so gar nicht dramatisch. Denn der Wald weiß, dass er wiederaufersteht, sobald die Zeit dafür gekommen ist.

Da fällt mir ein, dass ich in drei Tagen Geburtstag habe. Ich werde dreiundzwanzig Jahre alt. Endlich bin ich oben am Gipfel angekommen. Ich atme ein, ich atme aus. Wenn ich könnte, würde ich die Welt umarmen. Und dieses plötzliche Glück schmerzt mich so sehr, dass die Tränen augenblicklich anfangen zu laufen.

Sollte man Glück nicht mit jemandem teilen? Ist so viel Schönheit nicht vergeudet nur für einen einzelnen Menschen? Meine Mutter konnte stundenlang alleine schwelgen in der Schönheit der Natur. Was mich angeht, so fühle ich mich nach einer Weile nur noch einsam. So als würde ich nicht dazugehören, denn die Natur genügt sich selbst.

Ein letzter Blick, dann mache ich mich auf den Rückweg. Hier war doch irgendwo die Wiese, über die Mats und ich rannten, ist es hier? Nein, hier schaut es anders aus. Aber da vorne entdecke ich das Dach der Ziegenhütte. Ob ich den großen Stein noch finde? Von ihm aus war der Ausblick auf den Gutshof wunderschön.

Als ich um die Hütte herumgehe, bemerke ich, dass Mats' Auto davorsteht. Und Mats lehnt an der Kühlerhaube und betrachtet nachdenklich die Hütte. Ich bin sehr überrascht, ihn hier zu sehen. Er hört meine Schritte und wendet den Kopf.

Er sagt: „Oh, hallo!"

Und ich: „Was machst du hier?"

„Ich plane", erwidert er. Ich hebe fragend meine Augenbrauen. „Johann hatte diese Hütte und die Wiese von uns gepachtet, doch er hat die Pacht nicht verlängert. Hat Ende des Sommers die Ziegen verkauft oder geschlachtet, keine Ahnung."

„Oh." Ich mache ein mitleidiges Gesicht.

„Ich habe den Ort hier immer geliebt. Deshalb werde ich an dieser Stelle mein Haus bauen. Will schließlich nicht ewig bei meiner Mutter wohnen." Er grinst. „So praktisch es auch sein mag. Ich muss nur noch mit der Straßenmeisterei klären, dass sie mir den Weg im Winter freiräumen, sonst habe ich in schneereichen Jahren ein Problem." Begeistert fährt er fort: „Willst du die Pläne sehen? Hier, schau mal!"

Er holt aus dem Auto eine Mappe und legt einen Bauplan auf die Kühlerhaube. Ich stelle mich neben ihn und gemeinsam beugen wir uns über das Papier. Er steht so knapp neben mir, dass unsere Ellbogen sich berühren. Ich halte ganz still und wage nicht, mich zu bewegen. Er fährt mit den Fingern über die Architektenzeichnung, doch ich sehe weder die exakt gestrichelten Linien noch die sorgfältig schraffierten Flächen. Ich sehe nur die makellos gezeichneten Adern auf seinem Handrücken und die feinen Härchen in meinem Nacken stellen sich auf. Das muss die hereinbrechende Kälte sein.

Mats läuft aufgeregt zur Hütte und gestikuliert wild. „Schau, hierhin kommt die Terrasse, der Blick ist fantastisch, findest du nicht? Und genau darüber soll das Schlafzimmer sein, mit Panoramafenster! Hier draußen möchte ich eine kleine Sauna hinstellen und vielleicht ein paar Hochbeete. Ich überlege, den abschüssigen Hang hier etwas aufzuschütten, damit um die Terrasse ein flacher Garten entsteht. Arthur meint, er könne das alles für mich machen, wozu hat man einen Landschaftsarchitekten in der Familie?! Da in den Wohnbereich kommt ein großer Esstisch, damit ich Freunde und Verwandte einladen kann, und es muss natürlich ein großer Kachelofen her, aber auch eine normale Heizung, versteht sich. Hier oben im Wald wird es doch um einiges kälter als unten und die Wärme eines Kachelofens hat einfach eine andere Qualität, wie ich finde, das schafft sofort Behaglichkeit. Schau. Da, wo du stehst, wird die Garage sein, mit direktem Eingang ins Haus, sodass man im Winter nicht extra durch die Kälte gehen muss." Atemlos kommt er wieder zum Auto. „Was meinst du, ist eine Wohnküche oder eine separate Küche besser?"

„Ich finde Wohnküchen sehr gemütlich", antworte ich. „Du hast ja schon an alles gedacht! Das wird toll, Mats. Ich freue mich für dich."

„Danke." Er lächelt fröhlich. „Jetzt, wo nicht mehr so eine Spannung zwischen meinen Eltern herrscht, habe ich das Gefühl, endlich wieder durchatmen zu können. Das war unerträglich. Ich denke, erwachsene Kinder sollten nicht mit ihren Eltern zusammenwohnen. Wie haben die Menschen das früher nur gemacht, als gleich mehrere Generationen auf einem Hof zusammenlebten? Aber na gut, die waren ja auch abhängig von ihrer gegenseitigen Hilfe und hatten vermutlich so viel Arbeit, dass sie gar keine Zeit hatten, einander auf die Nerven zu gehen. Denkst du nicht auch manchmal, was für ein Riesenglück es ist, dass es heutzutage Waschmaschine, Elektroherd und Kühlschrank gibt, von Traktor und Mähmaschine ganz zu schweigen?"

Er sieht mich begeistert an. Er meint das ernst. Ich lache nur. Es ist so schön, ihn wieder plappern zu hören. Seine Stimme und sein reges Mienenspiel. Es macht mich so glücklich, ihn anzusehen. Da läutet sein Handywecker.

„Ich muss wieder in die Ordi. Fährst du mit oder gehst du lieber?" Schwierige Entscheidung. Alleine über einen traumhaften Waldweg zu wandern oder einem glücklichen Mats noch fünf Minuten zuhören zu können?

„Ich fahr' mit!" Einsam durch den Wald gewandert bin ich heute schon genug. Die Autofahrt ist wirklich kurz. Schon stehen wir vor der Scheune und steigen aus.

Ich sage „Also dann!" und wende mich zum Haus.

Da ruft er: „Ähm ... Leni?"

Mit pochendem Herzen drehe ich mich um. „Ja?"

„Meine Mutter möchte, dass wir zum Brautmodengeschäft fahren und anprobieren, was sie und Rosa für uns ausgewählt haben. Passt es dir am Samstag?"

„Ja, wenn es für Friedrich okay ist?"

„Sicher."

ZWEIUNDVIERZIG

Am nächsten Tag kündigt mein Vater an, dass er mich anlässlich meines Geburtstages am Samstag besuchen möchte. Ich soll für unser Treffen ein schönes Restaurant in Graz aussuchen. Da ich keines kenne, bitte ich Liz um Rat und muss in dem Zusammenhang auch zugeben, dass ich Geburtstag habe. Das wollte ich eigentlich unter den Tisch fallen lassen, denn es wäre mir unangenehm, wenn sie das Gefühl hätten, mir etwas schenken zu müssen.

Doch der Samstag beginnt schon wie ein richtiger Geburtstag! Der Herbst zeigt noch einmal so richtig, was er kann. Die Luft ist frisch, doch windstill, und die Sonne strahlt vom wolkenlosen Himmel. Als ich in die Küche komme, sind alle drei schon versammelt. Sogar Friedrich, der seit seiner Versöhnung mit Liz ungeahnte Energien entwickelt hat und wieder mehr am Familienleben teilnimmt. Auf dem Tisch steht ein Marmorgugelhupf und Mats zündet eine Sprühkerze an. Sie singen für mich Happy Birthday und dann umarmen mich Liz und Friedrich und wünschen mir alles Gute.

Mats kann sich nun auch nicht drücken und umarmt mich ebenfalls, aber es fühlt sich eher an wie bei Bruder und

Schwester, ohne Brustkontakt mit Rückentätscheln und so. Trotzdem klopft mein Herz danach wie wild und ich spüre noch lange seinen warmen Handabdruck.

Wir lassen uns den Kuchen schmecken und dann wird es auch langsam Zeit, in die Stadt zu fahren. Ich frage Friedrich und Liz, wann ich wieder zurück sein soll, doch sie meinen, dieser Tag gehöre ganz mir, und wünschen mir viel Vergnügen.

Im Auto stelle ich Mats eine Frage zu seinem zukünftigen Haus, und mein Plan geht auf.

„Ja, wenn du das wirklich wissen willst ... Also zuallererst musst du dich natürlich entscheiden, ob du einen Keller möchtest oder nur eine Fundamentplatte. Ein Haus ohne Keller kostet um einiges weniger, aber es fehlt dann halt der Stauraum. Wenn du nur eine Fundamentplatte nimmst, musst du die ordentlich abdämmen, sonst kommt es von unten immer kalt herauf und die Heizkosten steigen. Dann musst du überlegen, wie groß es sein soll. Also wie viele Zimmer du willst. Also ich habe das so berechnet, dass ich ein großes Wohnzimmer, ein Schlafzimmer und noch zwei weitere Zimmer für die Ki... also ... für andere Sachen einplane. Ja, und wenn du dich dann für einen Grundriss entschieden hast ..."

Er redet die ganze Fahrt über ohne Punkt und Komma und ich kann ihn von der Seite betrachten und einfach nur eine große Prise Mats in mich aufsaugen. Schon komisch, dass ich ihm im Streit vorgeworfen habe, er würde zu viel reden und niemandem zuhören. Dabei ist es doch genau das, was mir an ihm gefällt. Dass er mich mitreißt, mich zum Lachen bringt und mir, wenn ich mit ihm zusammen bin, keine Chance lässt, auch nur im Ansatz traurigen Gedanken nachzuhängen.

„... ich habe jetzt mal beschlossen, alles weiß streichen zu lassen, man kann ja später immer noch zur Farbe greifen, wenn Weiß zu langweilig ist, aber es ist doch immer noch am klassischsten ... Findest du nicht?"

„Mhm." Ich nicke. Was auch immer er gesagt hat, ich bin auf jeden Fall seiner Meinung.

DREIUNDVIERZIG

Im Brautmodengeschäft angekommen, weiß die Beraterin bestens Bescheid und führt uns zu den Umkleidekabinen. Rosa und Arthur haben sich entschieden, ihre Hochzeit in den Farben Dunkelgrün, Weiß und Gold auszustatten. Ich wurde von Rosa gebeten, eine ihrer Brautjungfern zu sein, und Mats muss als Familienangehöriger natürlich farblich dazu passen.

Für ihn bringt die Verkäuferin einen dunkelgrauen Anzug mit dunkelgrauer Weste und grüner Krawatte. Für mich ein dunkelgrünes Kleid mit Spaghettiträgern und romantischen Off-the-shoulder Ärmeln. Vor dem großen Spiegel treffen wir aufeinander und sind beide zu gehemmt, um etwas zu sagen. In so einer Aufmachung haben wir einander noch nie gesehen.

Die Verkäuferin jubelt „Wunderbar! Ein Traum!" und wieselt dann von einem zum anderen, um Passformen und Längen abzustecken.

Wir stehen nur da, heben die Arme, wenn erforderlich, und versuchen uns auf unser eigenes Spiegelbild zu konzentrieren.

Als wir noch Schuhe und ein weißes Hemd für Mats

besorgen, findet er endlich seine Sprache wieder. „Ist ja nicht so, dass ein Arzt keine weißen Hemden hätte! Aber gut, für die Hochzeit muss halt alles perfekt sein."

Es ist beinahe zwölf Uhr und Mats bietet an, mich zum Restaurant auf den Schlossberg zu begleiten.

„Alleine findest du auf die Schnelle ja nicht hin." Beim Gehen fragt er: „Weißt du, wie lange dein Vater bleiben wird?"

„Ich schätze, nicht allzu lange, höchstens bis drei, er hat am Abend einen Termin in Wien", erwidere ich.

„Und bringt er dich dann nach Hause?", will er wissen.

„Ich denke, nicht. Ich glaube, ich bleibe noch ein wenig in der Stadt zum Bummeln, das habe ich schon ewig nicht gemacht", überlege ich. „Ich nehme dann ein Taxi zu euch."

Als wir vor dem Restaurant ankommen, steht mein Vater vor der Tür in der Sonne und telefoniert. Er hebt zum Gruß freundlich die Augenbrauen und nickt uns zu, redet aber weiter. Unumwunden mustert er Mats von oben bis unten und sieht mir dann prüfend in die Augen. Ich blicke verlegen auf meine Schuhe.

Dann beendet er endlich sein Gespräch. Er küsst mich zur Begrüßung und schüttelt Mats die Hand, während er seinen Namen nennt. Dann wartet er, um Mats vorgestellt zu bekommen.

Mats erwidert: „Freut mich sehr. Matthias Reiterer."

Mein Vater sieht mich an und ich sage errötend: „Das ist Doktor Reiterer, der Sohn meines Patienten."

Das unmerkliche Schmunzeln meines Vaters ist nur für mich zu erkennen, denn ich habe mein ganzes Leben damit zugebracht, seine Gefühlsregungen zu erforschen, und seien sie auch noch so winzig.

Er sagt: „Sehr erfreut, Herr Kollege. Was ist Ihr Fachgebiet?"

„Ich war Chirurg in der Privatklinik Arbesbach, vor Kurzem habe ich jedoch die landärztliche Ordination meines Vaters übernommen."

„Sehr schön! Sehr schön!", erwidert mein Vater.

Mein Magen knurrt. Ich wende mich an Mats. „Also vielen Dank fürs Herbringen."

„Gerne", erwidert er und verabschiedet sich.

VIERUNDVIERZIG

Mein Vater und ich treten ein und werden zu unserem Tisch geführt. Er bietet einen zauberhaften Ausblick auf die Stadt und die goldenen Blätter der Bäume, die den Schlossberg umgeben.

Als wir sitzen und Getränke bestellt haben, sagt er: „Dr. Reiterer junior, hm?" und zieht eine Augenbraue hoch.

Mir wird heiß, ich sage aber nichts.

„Hätte ich ihn bitten sollen, zu bleiben und uns Gesellschaft zu leisten?", fragt er weiter und taxiert mich mit einem leisen Lächeln auf den Lippen.

Ich schließe die Augen und schüttle hastig den Kopf. „Nein, nein!"

Grübelnd fährt er fort, tippt mit dem Finger an die Schläfe: „Er erinnert mich an irgendjemanden ... Warte, ich komme schon noch drauf ... Er erinnert mich an ..."

„Dich?", werfe ich mutig ein.

„Nein! Ah! Ich weiß schon, an den jungen Robert Redford." Er grinst breit. „Das war der Lieblingsschauspieler deiner Mutter. Diese Haare!" Er schüttelt lachend den Kopf und konzentriert sich dann auf die Speisekarte.

Ich google unter dem Tisch nach Robert Redford jung.

Das Essen ist vorzüglich, das Ambiente bezaubernd und mein Vater macht mir ein wundervolles Geschenk zum Geburtstag.

Er räuspert sich förmlich und sagt: „Hier ist ein Sparbuch mit einem größeren Geldbetrag für dich. Egal, was du vorhast, ob du wirklich eine Aus- oder Weiterbildung anfangen möchtest oder doch eine Weltumsegelung machst, ich bin schon jetzt wahnsinnig stolz auf dich, Leni, und weiß, dass du das Richtige damit anstellen wirst. Alle Gute zum Geburtstag!"

Ich bin sehr gerührt. „Danke, Papa!" Mehr noch für die Worte als für das Geld. „Tatsächlich habe ich mich für die Weiterbildung in der Pflege beworben. Ich warte aber noch auf die Zusage."

„Das ist großartig! Darauf stoßen wir an!"

Nachdem wir noch Kaffee und Dessert genossen haben, verabschiedet sich mein Vater und fährt zurück nach Wien. Satt und glücklich spaziere ich den Schlossberg hinunter in Richtung Zentrum.

Auf halber Strecke komme ich an einem netten kleinen Café vorbei und denke noch: Ach, was für ein hübsches Café!, da halte ich überrascht inne, denn ich habe Mats in einem der Fenster entdeckt. Er steht neben seinem Tisch und legt hastig einige Münzen darauf. Dann greift er sich seinen Mantel und wirft ihn über, während er schon aus dem Lokal tritt. Anscheinend hat er auf mich gewartet, denn er kommt ein wenig betreten, doch zielstrebig auf mich zu.

„Hallo, ich ... Also ... Ich habe auf dich gewartet", stottert er. „Ach ja?"

„Nun, das ist doch dein Geburtstag und meine Eltern haben noch ein Geschenk für dich." Verlegen fährt er sich durchs Robert-Redford-Haar.

„Aber sie müssen mir doch nichts schenken!", wehre ich ab.

„Sie wollten es gerne. Kommst du mit?"

FÜNFUNDVIERZIG

Wir schlendern nebeneinanderher. Ich war noch nie hier. Die putzigen Gassen und Winkel der Altstadt sind einfach entzückend. Nach ein paar Minuten sind wir da. Mats führt mich in ein kleines modernes Kosmetikstudio, das auf exklusive Spa-Anwendungen spezialisiert ist.

„Meine Mutter sagt, du hast es verdient, richtig verwöhnt zu werden. Such dir aus, was immer du möchtest."

Ich entscheide mich für eine entspannende Kopf-Nacken- Schulter-Massage.

Mats meint: „Da ich ohnehin auf dich warten werde, nehme ich dasselbe."

Nach den herrlichsten sechzig Minuten treffen wir im Wartebereich wieder aufeinander. Ich fühle mich erholt wie nach einer Woche Urlaub und so entspannt, dass ich augenblicklich einschlafen könnte, wenn sich die Gelegenheit dazu ergäbe. Doch Mats hat noch mehr vor. Er führt mich in ein Café, in dem heute verschiedene Kabarettisten nacheinander auftreten. Wir bekommen einen süßen, kleinen, runden Tisch mit karierter Tischdecke, recht weit vorne, aber zum Glück nicht so nah an der Bühne, um zur Zielscheibe der Komiker zu werden.

Mats bestellt Hauswein und etwas später Eierspeis mit Pilzen, danach Eierspeis mit Kürbiskernöl. Überhaupt scheint Rührei hier Tradition zu haben, es gibt allein davon zwölf verschiedene Arten auf der Karte.

Stundenlang, ich übertreibe nicht, über Stunden lache ich mich schief über die Wortspiele, Anspielungen und Imitationen der Künstler. Ich komme gar nicht dazu, über dieses erneute Vielleicht-Date mit Mats nachzudenken. Es kann aber sein, dass ich heute auch leichter zu erheitern bin als sonst. Es war einfach von vorne bis hinten ein perfekter Geburtstag.

Als wir aus dem mittlerweile stickigen Lokal nach draußen treten, ist es Nacht geworden und es nieselt. Immer noch vergnügt laufen wir zu Mats' Auto zurück und fahren durch die Dunkelheit nach Hause.

„War das Friedrichs Idee, das Kabarett?", frage ich.

„Nein, das war mein Geschenk an dich", erwidert er.

„Oh! Vielen Dank! Es war wirklich herrlich komisch!"

„Es ist schön, wenn du lachst", sagt er ernst.

Eine heiße, kribbelnde Welle breitet sich in meinem Bauchraum aus. Ich sehe zu ihm rüber, doch im dunklen Auto kann ich seinen Gesichtsausdruck nicht erkennen. Warum spricht er nicht weiter? Was soll ich denn darauf antworten? Die Welle wird flacher und dumpf.

Warum sagt er nicht, dass er mit mir zusammen sein möchte? Oder will er es nicht? Warum kann er nicht einmal ehrlich über seine Gefühle sprechen? Die Welle verebbt, zurück bleibt nur das trübe Wasser. Ich bin es langsam leid, das Warten und Hoffen. Er kann doch nicht für immer sauer auf mich sein! Das macht mich jetzt richtig wütend.

Es regnet nun stärker. Die Tropfen prasseln laut auf die Frontscheibe des Wagens, die Scheibenwischer versuchen hektisch, für freie Sicht zu sorgen, was ihnen nur mäßig gelingt.

Am Gutshof angekommen parkt Mats das Auto ganz nah am Haus und wir laufen die Freitreppe hoch, um nicht durchnässt zu werden.

Ich sage noch einmal höflich: „Vielen Dank für den tollen Abend! Gute Nacht!" Dann verschwinde ich in meinem Zimmer. So, das hat er jetzt davon!

SECHSUNDVIERZIG

In der folgenden Woche hat Liz weniger Zeit für Friedrich. Da die Hochzeit in sechs Tagen stattfindet, hat sie alle Hände voll zu tun, das Haus auf die Gäste vorzubereiten, denn Arthurs gesamte Familie soll hier für ein paar Tage untergebracht werden. Ein paar befreundete Frauen aus dem Dorf eilen Liz zu Hilfe und gemeinsam putzen sie das riesige alte Haus gründlich durch.

Allein die vielen Fenster nehmen einen ganzen Tag in Anspruch. Die sechs Gästezimmer bekommen frische Bettwäsche und duftende Blumen. Die Vorräte in Keller und Küche werden aufgestockt. Der Tisch im Esszimmer wird auf doppelte Größe ausgezogen und mit zusätzlichen Stühlen aus dem Keller ausgestattet.

Eine der Frauen steht am Herd und rührt geduldig die sich langsam bräunenden Zwiebeln für das Gulasch. Eine andere bügelt singend die überdimensionalen Tischdecken. Es wird gelacht und geschwatzt, in die Hände geklatscht und weitergemacht. So ist das also in einem Dorf, denke ich, zumindest in diesem. In meiner Wiener Wohnung kenne ich nicht einmal meine direkten Nachbarn.

Friedrich und ich fühlen uns ein wenig nutzlos, merken

jedoch bald, dass wir am besten mithelfen können, indem wir den anderen nicht im Weg stehen. Also verkriechen wir uns in seinem Zimmer und nehmen unsere Lese- und Gesprächstage wieder auf. Bei den Gesprächen tue ich mich aktuell allerdings etwas schwer.

„Du bist seit Tagen so still", meint Friedrich, „also stiller als sonst. Ist etwas nicht in Ordnung?"

„Ich denke nur nach"

„Über Mats?"

„Auch."

Er lächelt. „Manchmal schwelge ich in Erinnerungen, wie schön es doch war, jung zu sein und das ganze Leben liegt noch vor dir. Alle Möglichkeiten stehen dir offen und die Welt wartet nur darauf, erobert zu werden. Und dann erinnere ich mich, wie schrecklich ungewiss und unsicher man sich dabei fühlt, nicht zu wissen, welcher Weg der richtige ist ... Wobei, man kann auch im Alter noch ganz furchtbar unsicher sein ... und verbohrt!" Er lacht.

„Du meinst also, dass ich verbohrt und selbst an allem schuld bin? Und dass Mats mir nicht verzeihen kann, habe ich wohl auch verdient?"

Er ist überrascht über meine heftige Reaktion. „Äh, nein, ich hatte eigentlich an mich gedacht."

Wir schweigen.

Dann sagt er: „Weißt du, was ich endlich erkannt habe? Fehler können immer eingestanden und Versäumnisse jederzeit nachgeholt werden. Sogar die Liebe kann wieder erblühen, auch wenn sie vertrocknet war. Bis auf den Tod ist nämlich nichts unabänderlich."

Daraufhin weinen wir beide. Friedrich liegt auf dem Bett und blickt schniefend an die Decke. Ich sitze mit angezogenen Knien auf dem weichen Sessel und vergrabe den Kopf in meinen Armen.

Von draußen hören wir aufgeregte Stimmen. Rosa ist angekommen. Arthur wird mit seiner Familie erst ein paar Tage später eintreffen. Friedrich und ich wischen uns die Tränen ab. Genug mit Traurigkeit. Das hier ist ein Anlass zur Freude.

Rosa stürmt herein und umarmt ihren Papa und mich. Sie ist kühl von draußen und riecht nach frischer Luft. Wie ein Zauberwesen mit Besen fegt sie einmal durch uns hindurch und verscheucht alle anwesenden Dämonen.

„Papa! Leni! Ach, wie schön ist es, wieder hier zu sein! Habt ihr den Sonnenuntergang gerade gesehen? Ihr werdet nicht glauben, was mir auf dem Flug hierher passiert ist! Ich habe doch tatsächlich neben diesem Schauspieler gesessen, diesem Hörbiger-Nachkommen, ich weiß jetzt nicht, wie der heißt, aber erkannt habe ich ihn sofort. Und wir kommen so ins Reden, ich musste ihn natürlich gleich ansprechen. Er hat auch Verwandte in der Steiermark und er hat mir alles Gute für die Hochzeit gewünscht und mir zwei Karten für sein neues Stück geschenkt! Ist das nicht nett? Ach, und Arthur und ich freuen uns so sehr darauf, dass ihr endlich seine Familie kennenlernt. Sie sind wirklich von Kopf bis Fuß englisch, ein bisschen steif, britischer Humor, aber total liebenswert, wisst ihr? In den letzten Wochen waren wir damit beschäftigt, eine Playlist für den DJ zusammenzustellen. Das wird so toll!"

Sie hüpft begeistert auf und ab. Ihr Glück ist ansteckend und ich lasse mich gerne infizieren. In drei Tagen wird Hochzeit gefeiert, ich werde ein wunderschönes Kleid tragen und umringt sein von lieben Menschen, Musik und Genuss. Auch in mir kribbelt es vor Aufregung.

SIEBENUNDVIERZIG

Zwei Tage später, am Abend vor der Hochzeit, erreichen Arthur und seine Familie den Gutshof. Seine Eltern Phil und Sarah, seine beiden älteren Schwestern Kate und Lucy samt Ehemännern, sein jüngerer Bruder James, zwei Tanten Maude und Gwendolyn und sogar Großmutter Margaret, alle sind von der Reise erhitzt und aufgeregt.

Bis auf Sarah, die von Beruf Bratschistin ist, war noch niemand von ihnen je in Österreich. Hinzu kommt die Nervosität wegen der Hochzeit und ob die beiden Familien einander auch mögen werden. All dies erfahren wir in den ersten dreißig Sekunden nach ihrer Ankunft von der redseligen Tante Gwendolyn.

Liz lässt sich nicht aus der Ruhe bringen, jeder bekommt das für ihn vorbereitete Glas Schilcher in die Hand gedrückt und nach einigen Schlucken entfaltet sich seine erhoffte Wirkung, die Hektischen werden ruhiger, die Stillen gesprächiger. Nach dem zweiten Glas liegen sich Engländer und Steirer in den Armen und erfreuen sich ihrer hinzugewonnenen Verwandtschaft.

„Darling, what was your name again?", lallt Tante Maude und lehnt sich an Mats.

„Mats", erwidert dieser.

„Mats, darling, you are the doctor, right? May I ask: are you married?"

„No, I'm not. I mean, I am a doctor, but I'm not married."

Sie kichert. „Have you ever considered tying the knot with an elderly English rose, wealthy – not so much, but even more kindhearted?" Sie klimpert kokett mit den Wimpern, passend zu ihrem Heiratsantrag.

„Erm, no; I can't say I have." Er wirft mir einen amüsierten Blick zu.

„What a pity! Could have been such a prosperous liaison – for me at least." Wirklich schade!

Grandma Margaret mischt sich gespielt entrüstet ein. „Oh come now, Maude, pull yourself together! This is neither the time nor the place for your constant marriage proposals!" Dann wendet sie sich wieder mir zu: „Leni, so you are from Vienna, I heard? How far is it from here?"

„About two hours by car."

„Oh, how I wish you could take me one time and show me around! I have seen a documentary about the city of Vienna: the Hofburg and Schonbrunn ... It's all so lovely! So much history in those walls."

„Of course! I would love to!", erwidere ich und muss augenblicklich in das Lachen der anderen einstimmen, als ich bemerke, dass Mats sich noch immer nicht von Maude befreien konnte. Im Gegenteil, sie ist bereits an seine Schulter geschmiegt eingeschlafen.

Mittendrin in dieser heiteren Gesellschaft muss ich mir immer wieder ins Gedächtnis rufen, dass ich gar nicht zu dieser Familie gehöre, denn es fühlt sich ständig so an.

Und inmitten solch einer geselligen Runde, wo gelacht

und gescherzt wird, wirken auch meine Probleme plötzlich weniger schwer und unüberwindlich. Da erscheint mir der Gedanke, mich mit Mats auszusprechen, gar nicht mehr so absurd. Oder macht das der Alkohol?

Aber vielleicht hat Friedrich ja recht. Vielleicht lässt sich wirklich immer alles wiedergutmachen, egal was. Bleibt nur noch eine Frage: Wie?

ACHTUNDVIERZIG

Dann ist er da, der Tag der Hochzeit. Mystisch und nebelig zeigt sich der Tag. Doch im Haus herrscht emsige Betriebsamkeit. Nach einem späten gemeinsamen Frühstück zieht sich jeder in sein Zimmer zurück, um in sein Hochzeitsoutfit zu schlüpfen. Hier und da wird um Hilfe bei einem der Reißverschlüsse gerufen, Grandma Margaret kann ihren Hut nicht finden.

Als Erste verlassen Arthur, James und Mats das Haus und begeben sich zur Kirche, um die eintreffenden Gäste zu begrüßen. Dann fahren Liz, Friedrich und Arthurs restliche Familie hinüber. Zurück bleiben Rosa und ich.

Ich helfe ihr mit dem pompösen Kleid die Freitreppe hinunter, da hören wir Hufgeklapper. Bruno, vor eine Kutsche geschirrt, und auf dem Kutschbock, wie könnte es anders sein, Simon biegen in die Auffahrt ein.

Die rustikale Kutsche wurde wunderschön mit Efeuranken und goldenen Bändern geschmückt und Simon trägt traditionell Lederhosen und Janker. Er zwinkert mir verschwörerisch zu. Als Rosa Platz genommen hat, geben die drei ein wahrhaft herrliches Bild ab! Wir fahren los und lesen auf dem Weg Rosas zweite Brautjungfer, ihre beste

Freundin Barbara, auf.

Vor der Kirche helfen wir Rosa aus der Kutsche. Es warten bereits ungeduldig die kleinen Blumenmädchen und ein winziger Ringträger samt ihren Müttern sowie Friedrich im Rollstuhl auf uns. Wir stellen uns auf, zuerst die Blumenkinder, dann der Ringträger, dann Barbara, da sie kleiner ist als ich, dann ich und schließlich Rosa mit Friedrich. Die Orgelmusik startet und wir beginnen mit dem feierlichen Einzug.

Als ich die Kirche betrete, sehe ich, dass fast das ganze Dorf versammelt ist. Die Kirche ist zum Bersten gefüllt. Eine andächtige Stimmung liegt in der Luft. Vorne neben dem Pfarrer steht Arthur in einem schmucken Cutaway mit grüner Weste und weißer Krawatte. Neben ihm sein Bruder und Trauzeuge James, daneben Mats, in seinem Anzug noch besser aussehend, als ich ihn von der Anprobe in Erinnerung habe.

Ich komme nicht umhin zu bemerken, dass auch er mich von oben bis unten mustert, und versuche mir meine Verlegenheit nicht anmerken zu lassen. Als ich meinen Platz seitlich vor dem Altar neben Barbara eingenommen habe und mich umdrehe, stelle ich überrascht fest, dass Friedrich den Rollstuhl draußen vor dem Tor stehen gelassen hat und seine Tochter stolz und aufrecht zum Altar führt. Trotz der enormen Anstrengung, die der kurze Weg für ihn bedeutet, kann ich gut verstehen, dass er sich diesen Moment nicht nehmen lassen will.

Ergriffen werden die beiden von allen Seiten beobachtet. Schon jetzt sehe ich die eine oder andere Träne fließen und es sind keine gewöhnlichen Tränen der Rührung, wie so oft bei einer Hochzeit. Nein, in diesem Fall handelt es sich um simple, voreilige, vorgezogene Tränen der Trauer.

Und das weiß ich deshalb so genau, weil auch ich keine andere Wahl habe, als mich ihnen zu ergeben. Am Altar küsst Friedrich Rosa und übergibt sie feierlich an Arthur. Dann setzt er sich neben Liz und die Trauung beginnt.

Liz und Rosa haben alles ganz wunderbar organisiert. Der Pfarrer spricht zwar Deutsch, doch der bestellte Chor singt steirische und englische Lieder und auch die Fürbitten werden zur Hälfte auf Englisch vorgetragen. Die alten Lieder und Weisen berühren mich zutiefst, mit der Predigt kann ich, wie so oft in der Katholischen Kirche, nicht wirklich etwas anfangen. Schließlich ist auch der Kuss vorüber und wir beginnen mit dem Auszug.

Erst jetzt fällt mir auf, dass Mats und ich gemeinsam gehen müssen. Er kommt zu mir und bietet mir freundlich seinen Arm. Ich lege meine Hand ohne Gewicht darauf. Dann schreiten wir hinaus.

Nach unendlich vielen Glückwunschbekundungen und Fotos der ganzen Gesellschaft vor der Kirche machen sich alle zum Essen geladenen Gäste auf den Weg ins Gasthaus. Zur Tanzparty später ist dann wieder das gesamte Dorf geladen. Mats führt mich bis zum Tisch, doch laut den Platzkarten sitzen wir nicht nebeneinander. James ist als mein Tischpartner vorgesehen. Liz wollte wohl eine potenziell unangenehme Situation für uns vermeiden. Eigentlich schade, denke ich.

Nach dem traditionell steirischen Essen, bestehend aus Hochzeitssuppe, Wurzelfleisch, Käferbohnen- und Rettichsalat mit Kürbiskernöl, werden die Reden gehalten. Es sprechen die Väter der Brautleute.

Phil ausgesprochen rührselig: „When Arthur came to me and told me he could not live without this beautiful Austrian girl anymore, I remembered the words I once read in a book and could never forget. It said: ‚Love is not finding someone to live with, it's finding someone you can't live without.' And Sarah and I are so glad to see that Arthur and Rosa have found this kind of true, glowing love; may it keep them warm and safe for many years to come. And always remember: the best and most beautiful things in the world cannot be seen or even touched. They must be felt with the heart. Cheers!"

Nach ihm spricht Friedrich wortgewandt und amüsant. „Meine Lieben! Gibt es etwas, das größer und stärker ist als der Tod? Etwas, das Kriege beendet und Völker verbindet, etwas, das jede Niederlage in einen Sieg verwandeln kann? Ihr wisst es bestimmt schon! Ja, natürlich, es ist der Humor! Und so bleibt die Aufgabe an mir hängen, euch, liebes Brautpaar, daran zu erinnern, stets euren Humor zu bewahren. In guten wie in schlechten Tagen, in Krankheit und Armut oder auf eurer Yacht, mit sechs Kindern oder mit Hund ... Lacht! Lacht viel! Lacht vor allen Dingen gemeinsam! Dann klappt die Sache mit der endlosen Liebe ganz von allein! Auf euch!"

Dann kommen die Trauzeugen an die Reihe. James zeigt ein selbst geschnittenes Video mit Glückwünschen unzähliger Freunde von Arthur und Rosa aus England, die aufgrund der Entfernung nicht dabei sein können. Und Barbara, die in Graz Gesang studiert, singt für die beiden ein berührendes englisches Liebeslied, das ich noch nie zuvor gehört habe. Ich blinzle vorsichtig zu Mats rüber, doch er scheint ganz versunken zu sein in Barbaras Stimme und bemerkt es nicht.

NEUNUNDVIERZIG

Nach Kaffee und Hochzeitstorte geht es los mit der Party. Eine Hochzeitsband und ein DJ wechseln sich ab und die Räume des Gasthauses werden immer voller. Es macht mir Spaß zuzusehen, wie die Gäste ausgelassener und ungehemmter werden, je später es wird. Die Männer ziehen ihre Sakkos aus, da es drinnen langsam heiß und stickig wird, ein paar der Frauen wechseln zu flachen Ballerinas und pfeffern die High Heels in die Ecke.

Ich tanze zweimal mit James und einmal mit einem Jungen aus dem Dorf sowie einen langsamen Walzer mit Arthurs Vater Phil. James löst ihn wieder ab und es geht schwungvoll weiter. Arthurs Bruder ist ein lustiger Typ, ungefähr so alt wie ich, blass, schwarzhaarig und sehr groß, bestimmt über einen Meter neunzig. Ich verstehe zwar nicht jeden seiner humorvollen englischen Kommentare, muss aber allein über seine geschwollene Ausdrucksweise lachen. Das animiert ihn dazu, noch mehr witzige Anekdoten aus seiner Schulzeit zum Besten zu geben.

Nicht weit von uns entfernt tanzt Mats mit Barbara und es versetzt mir einen Stich zu sehen, wie er leise auf sie einredet. Dabei habe ich das Gefühl, dass sie nur Augen für

James hat. Als Mats und Barbara zur Tafel zurückkehren, bitte ich auch James um eine kurze Trinkpause. Zu viert stehen wir nebeneinander, Mats schenkt nach und James reicht mir mein Glas.

Barbara fasst sich ein Herz und fordert James zum Tanz auf. Er ist überrascht, womöglich hat er ihre schmachtenden Blicke noch gar nicht bemerkt, stimmt aber erfreut zu und die beiden verschwinden auf der Tanzfläche. Belustigt blicke ich ihnen nach. Da bemerke ich Simon, der von der Tanzfläche grinsend in meine Richtung kommt. Seine Augen sind glasig und etwas starr, er hat wohl zu viel getrunken. Ganz nah bleibt er vor mir stehen und glotzt mich an.

„Komm, Puppe, lass uns tanzen. Wir passen doch so gut zusammen! Oder hast du lieber Lust auf einen wilden Ritt?" Er lacht dümmlich und will nach meiner Hand greifen.

Ich mache einen Schritt zurück, doch da ist Mats, in der einen Hand ein Weinglas. Ich schiebe meine Hand in seine andere und zeige Simon unsere verschränkten Finger.

„Sorry, Simon, aber die nächsten Tänze habe ich schon Mats versprochen."

Mats hebt das Glas und grinst Simon an. „Prost!"

Simon zuckt die Schultern und trollt sich.

Ich lasse Mats' Hand los und sage errötend: „Danke."

„Jederzeit."

Hastig kratze ich all meinen Mut zusammen und sage: „Oder hast du vielleicht wirklich Lust zu tanzen?"

Er schaut mir einen Tick zu lange in die Augen, so als würde er überlegen, doch dann lächelt er und nickt. Als wir zur Tanzfläche gehen, bemerke ich, dass Liz und Friedrich im Gespräch innehalten und zu uns herübersehen.

Mats dreht sich zu mir. Er bietet mir seine linke Hand und ich lege meine Rechte hinein. Dann zieht er mich näher zu sich und legt die rechte Hand auf meinen Rücken. Ich fasse seine Schulter mit der Linken und zum allerersten Mal tanzen wir beide miteinander. Und zum ersten Mal seit vielen, langen, einsamen Wochen berühren sich unsere Körper, bewegen sich im gleichen Rhythmus, werden eins.

Das Lied ist bald vorbei, doch wortlos tanzen wir weiter zum nächsten Lied und dann noch eines und noch eines. Es ist, als wollten wir beide einander nicht loslassen. Die Hochzeitsgesellschaft um uns herum nehme ich nur mehr verschwommen wahr. Meine Pupillen sind ganz auf Nähe eingestellt.

Ich beäuge seinen Hals und seinen Haaransatz im Nacken, seine Kieferknochen. Ich schaue auf die Sehnen seiner Unterarme in den hochgekrempelten Ärmeln seines Hemdes. Ich betrachte seine Finger, wie sie warm um meinen Handrücken liegen, und je mehr ich mich darauf konzentriere, umso mehr prickelt es in meiner Hand.

Er wendet den Kopf zu mir und ich schaue ihm ins Gesicht. Bei schummrigem Licht sehen seine Augen weniger grün, eher braungrün aus. Ich kann seinen Ausdruck nicht lesen. Er lächelt nicht, aber er guckt auch nicht ernst. Ich habe das Gefühl, etwas sagen zu müssen. Vielleicht ist das der richtige Zeitpunkt.

Ich räuspere mich. „Matthias."

Belustigt antwortet er: „Magdalena?"

Ich muss kurz lächeln, werde aber gleich wieder ernst: „Ich ... ähm ... Also ich wollte mich entschuldigen, falls ich dich ungerecht behandelt haben sollte. Also ich meine, ich habe dich ungerecht behandelt. Das tut mir leid. Ich kann verstehen, dass du nicht mehr mit mir zusammen sein willst. Ich ..."

Er sieht verwirrt aus. „Was meinst du mit ungerecht behandelt? Meinst du deine Vorurteile? Und was heißt, ich will nicht mit dir zusammen sein? Ich glaube, ich habe stets sehr deutlich gemacht, was ich möchte, im Gegensatz zu dir. Und darum geht es doch einzig und allein. Ich bin immer noch Arzt, Leni, und ich werde es auch bleiben. Und zwar genau hier. Finde bitte endlich heraus, was DU möchtest!"

Um uns herum wird gejubelt und geklatscht. Das Brautpaar kommt auf die Tanzfläche, um den traditionellen Hochzeitswalzer zu tanzen, bevor es sich in die Hochzeitsnacht in einem romantischen Grazer Boutiquehotel verabschiedet. Wir stellen uns mit den anderen Gästen an den Rand der Tanzfläche und sehen dem verliebten Brautpaar zu. Als ich mich nach Mats umdrehe, ist er verschwunden.

Liz winkt mich zu sich. Sie bittet mich, den total erschöpften Friedrich nach Hause zu bringen. Sie muss sich hier weiterhin um die Gäste kümmern. Ich bin ganz froh darüber, einen Grund zu haben, die Feier zu verlassen. Der Spaß ist mit unserem Gespräch im Gepäck schon längst abgehauen.

Friedrich ist recht mitgenommen, er krümmt sich vor Schmerzen. Der Tag war wohl doch etwas zu viel für ihn. Ich winke den Fahrer heran, der extra für die Hochzeitsgäste organisiert wurde. Er hilft mir, Friedrich und den Rollstuhl ins Auto zu verfrachten. Zu Hause bekommt er eine größere Dosis Schmerzmittel und ich hänge ihm auch eine Flüssigkeit mit Vitaminen an. Sobald das Schmerzmittel zu wirken beginnt, schläft er erschöpft ein.

Ich sitze noch eine Weile an seinem Bett und betrachte ihn. Im Schein der Nachttischlampe sehen seine Wangen hohl aus. Mir ist gar nicht aufgefallen, wie mager er geworden ist.

Ich frage mich, ob es wirklich ein Glück ist, dass er noch Zeit mit seiner Familie verbringen kann und Gelegenheit hat, sich zu verabschieden. Ist es nicht eher ein Glück, prompt und ohne Schmerzen aus dem Leben gerissen zu werden, so wie meine Mutter? Egal, man kann es sich ohnehin nicht aussuchen.

Da höre ich Fußgetrappel und schleiche mich aus Friedrichs Zimmer. Phil, Sarah, die Tanten und die Großmutter gehen zu Bett. Ich wünsche ihnen eine gute Nacht und tue es ihnen gleich.

FÜNFZIG

Der nächste Tag im Gutshaus steht unter dem Motto Erholung. Die Männer der Familie Aldridge erscheinen viel zu spät und etwas ramponiert zum gemeinsamen Frühstück.

„Mats, do you happen to have any headache pills in your office? It seems I have had way too much of your fantastic Styrian red wine", klagt Phil, setzt sich stöhnend und drückt auf die schmerzenden Schläfen.

„For me as well, please!", rufen die hinzugewonnenen Schwager unisono und greifen sich zwei Brötchen.

James schenkt sich Tee ein. „And maybe something against heartburn, if possible? The meals were irresistibly delicious!" Er klammert sich an seine Teetasse.

Mats verlässt den Frühstücktisch, um aus der Praxis Kopfschmerztabletten und das Mittelchen gegen Sodbrennen zu holen. Die Damen, längst fertig mit dem Essen, nehmen auf dem großen Sofa Platz und legen die Füße hoch.

„My goodness, those high heels were killing me", seufzt Arthurs älteste Schwester.

„But you looked stunning in them, darling!", beteuert

Tante Gwendolyn.

„Well, well! The wedding was quite special, wasn't it? A winter wedding is always incredibly romantic, don't you think?", sinniert Tante Maude.

„Yes, dear. Do you remember the winter wedding of Libby and Ron?", fragt Grandma Margaret ihre Töchter.

„Of course." Alle drei nicken betroffen und Gwendolyn wendet sich erklärend an Rosa, Liz und mich. Rosa übersetzt ihre Worte simultan: „Libby war eine Freundin aus unserer Kindheit. Sie litt seit ihrer Geburt an einer chronischen Krankheit, die ihr Leben sehr einschränkte. Nichtsdestotrotz fand sie ihre große Liebe. Ron war ein junger Rettungsfahrer, der sie Woche für Woche zu Behandlungen ins Krankenhaus fuhr. Sie hatten ein ganzes Jahr zusammen und heirateten an einem klirrend kalten, glitzernden Januartag. Das war einen Monat, bevor sie starb. Sie wurde nur achtzehn Jahre alt." Sie wischt eine Träne fort. Auch Maude, Sarah und Margaret schniefen.

Liz möchte nun auch eine Geschichte beisteuern. „Als meine Tante Anni heiratete, war das ganze Dorf meterhoch eingeschneit, so wie es in meiner Kindheit jedes Jahr der Fall war. Ich muss so um die sechs Jahre alt gewesen sein, denn ich erinnere mich, dass ich eine Zahnlücke hatte, durch die ich die eiskalte Luft einsaugen konnte. Der Schnee dämpfte alle Geräusche, es war, als stünde die Zeit still. Und als wir nach der Trauung aus der Kirche traten, bemerkten wir nicht weit von uns entfernt auf dem Friedhof einen Sprung Rehe, also eine Gruppe von Einzelgängern, die sich im Winter zusammenschließen, um gemeinsam leichter durch die harten Monate zu kommen. Sie wirkten wie gemalt, versteinert mit erhobenen Köpfen, bevor sie urplötzlich das Weite suchten. Ein wunderschönes Mahnmal für die Eheleute, in schwierigen Zeiten zusammenzuhalten, wie die Erwachsenen danach sagten. Und Anni und ihr Mann führten tatsächlich, solange sie lebten, eine harmonische und liebevolle Ehe. Vielleicht war dieses Erlebnis ja ein gutes Vorzeichen ... Wer weiß?"

Davon sind alle Anwesenden gerne überzeugt.

EINUNDFÜNFZIG

Friedrich erholt sich auch, aber nur langsam. Ich habe das Gefühl, er hat alle Kraft für diesen besonderen Tag zusammengenommen und nun, da er vorüber ist, möchte er sich fallenlassen, sich nicht mehr anstrengen müssen. Er bleibt den gemeinsamen Essen meist fern. Arthurs Familie unternimmt ein paar Ausflüge, um die Gegend kennenzulernen und Mitbringsel für zu Hause zu besorgen.

Auch Liz ist erschöpft und froh, als die neue Verwandtschaft zwei Tage später abgereist ist und das Haus endlich wieder ihr gehört. Rosa und Arthur kommen noch einmal vorbei, um sich zu verabschieden. Sie werden eine zweiwöchige Hochzeitsreise durch Südamerika antreten und danach nach England zurückkehren.

Mats ist wieder täglich in der Ordi, und wenn er keine Sprechstunde hat, fährt er hinauf zu seiner Baustelle. Es ist also wieder Ruhe eingekehrt. Stille, um ehrlich zu sein.

Mein Vater ruft einmal an. „Leni, ein Brief ist angekommen, von der Fachhochschule."

Mein Herz klopft schneller. „Mach ihn doch bitte auf, Papa!"

Es raschelt, er liest, dann sagt er: „... und freuen uns

Ihnen mitteilen zu dürfen, dass Sie zu dem akademischen Lehrgang Gesundheits- und Krankenpflege angenommen sind! Herzlichen Glückwunsch!"

„Danke, Papa! Ich freue mich riesig!"

„Und was machst du, wenn dein Patient dich noch braucht? Der Lehrgang ist doch in Wien ...?"

„Ja, aber nur an den Wochenenden. Und um ehrlich zu sein, Papa, ich glaube nicht, dass ich im Februar noch hier sein werde ...", sage ich zögerlich.

„Geht's abwärts?", fragt er emotionslos.

„Rapide."

„Du musst das nicht durchstehen."

„Ich weiß."

„Du kannst jederzeit heimkommen."

„Nicht nötig."

„Aber melde dich, wenn du was brauchst."

„Das mach ich."

„Dann hören wir uns wieder nächste Woche?"

„Ja, klar, wie immer. Mach's gut, Papa."

„Tschüss, Leni!"

Meine Freude hat sich erheblich getrübt. Ein dicker Klumpen Trauer macht sich in meiner Magengrube breit. Aber nein, ich freue mich! Und ich darf mich auch freuen! Friedrich wird sterben, so oder so. Ob ich da bin oder fern. Ob ich Trübsal blase oder glücklich Zukunftspläne schmiede. Und wenn ich mir einer Sache sicher bin, dann dieser, dass er sich ganz bestimmt immer Letzteres für mich wünschen wird.

Wie aufregend! Ich wurde angenommen! Ich werde studieren! Und es ist ganz anders als bei der Zusage zum Medizinstudium. Diesmal fühlt es sich einfach richtig an!

ZWEIUNDFÜNFZIG

Dezember - Januar

Der Tag nach der Hochzeit war bereits der erste Advent, doch Liz kommt erst vier Tage später nach der Abreise der Verwandtschaft dazu, einen großen Kranz zu binden, zu schmücken und auf den Esstisch zu stellen. Auch Friedrich bekommt einen kleinen Adventkranz für sein Zimmer, denn er verlässt kaum mehr das Bett. Er sagt, er sei müde, will es gar nicht versuchen.

Ich bemühe mich um eine fröhliche Atmosphäre, lese ihm aus der Zeitung vor, was leider keine besonders heitere Stimmung hinterlässt, aber auch aus einem humorvollen Buch mit Kurzgeschichten. Rosa ruft über Videotelefonie an und erfreut uns mit ihrer erfrischenden Art. Abends, wenn Mats hereinschaut und Friedrich von seinen Erlebnissen und den Patienten erzählt, lasse ich die beiden allein.

Am nächsten Nachmittag kommt Liz mit Schüttelfrost und Gliederschmerzen aus dem Krankenhaus nach Hause. Sie legt sich sofort ins Bett und somit habe ich nun eine Patientin mehr zu betreuen.

„Hier ist die Wärmflasche und ein Glas heiße Zitrone. Kann ich sonst noch etwas für dich tun?"

„Nein danke, Leni", krächzt sie. „Das Problem ist nur, dass ich heute eigentlich einkaufen gehen wollte. Der Kühlschrank ist so gut wie leer. Hoffentlich kann Mats die Praxis früher schließen ..."

„Aber ich kann das doch machen! Friedrich schläft und braucht mich gerade nicht. Wo hast du denn den Einkaufskorb?"

„Er steht in der Speisekammer, darin sind auch Geld und die Einkaufsliste. Vielen Dank, Leni, was täte ich nur ohne dich?"

Ich hole den Korb, ziehe mir die warmen Stiefel und den Daunenmantel an und trete raus in die kalte Dezemberluft. Es wird bereits dämmrig. Die Fenster von Mats' Praxis sind hell erleuchtet, vor der Scheune stehen ein fremdes Auto und eine junge Frau, die fröstelnd an einer Zigarette zieht. Ich grüße höflich und marschiere an der Landstraße entlang in Richtung des Dorfes. Als ich ungefähr fünf Minuten gegangen bin, höre ich ein Auto hinter mir, das anhält, als es mich erreicht.

Das Fenster fährt herunter und eine Frauenstimme sagt: „Hallo, Leni! Kann ich dich mitnehmen?" Es ist Barbara, Rosas Freundin.

„O ja, gerne!", sage ich und steige ein. Den Korb stelle ich auf meine Knie.

Barbara betrachtet ihn verwundert und fragt: „Gehst du nicht zum Krampuslauf ins Dorf?"

„Äh, nein. Ich muss einkaufen. Liz liegt krank im Bett und konnte das nicht erledigen. Was ist der Krampuslauf?"

„Ach, das ist Brauchtum bei uns. Jedes Jahr am fünften Dezember, also dem Tag vor dem Heiligen Nikolaus, laufen

195

als Krampus verkleidete junge Männer durch den Ort und erschrecken die Leute. Das ist ein Riesenspektakel vor allem für die Kinder. Ich bin auch gerade auf dem Weg dorthin, schau es dir doch mit mir an!"

„Gerne! Wenn ich vorher noch einkaufen kann?"

„Ja, das geht sich aus. Ich parke am besten gleich vor dem Supermarkt."

Barbara lässt mich vor dem Eingang aussteigen und sucht sich einen Parkplatz. Ich kaufe nur das Nötigste von der Liste, etwas Obst und Gemüse, Butter, Milch und Brot, denn mehr könnte ich gar nicht nach Hause tragen.

Als ich an der Kasse stehe und bezahle, ruft Barbara von der Tür: „Leni, sie kommen! Es geht los!"

Ich stopfe die Rechnung in die Geldbörse, greife mir den Korb und schon laufen wir los in Richtung des Hauptplatzes. Draußen ist es dunkel geworden. Von ferne höre ich laute Kuhglocken und beängstigendes Gebrüll, und als wir näher kommen, sehe ich sie. Scharen von gruseligen Gesellen mit zotteligen Haaren, Holzmasken, schwarzen Hörnern, Umhängen aus Ziegenfell und Ruten aus Birkenzweigen.

Wir suchen uns einen Platz an einer Hausmauer und beobachten das Treiben. Den schweren Korb kann ich nun auch endlich abstellen. Die wilden Horden laufen brüllend herum, schwingen die Ruten, versuchen die Zuschauer damit an den Beinen zu erwischen. Ein paar Kinder lachen, ein paar ängstlichere verstecken sich kreischend hinter ihren Eltern.

„Ui! Sie kommen auf uns zu!", jauchzt Barbara.

Ich kriege es ein wenig mit der Angst zu tun, bin gleichzeitig aber zutiefst fasziniert und zum Zerreißen gespannt. Die düsteren Gestalten laufen um uns herum, zerzausen unsere Haare, heben uns hoch, wirbeln uns durch die Luft. Es ist ein schaurig schöner Tanz, spannungsgeladen und zugleich wie in Trance. Meine Wangen glühen, ich bin atemlos und mir ist schwindelig. Der große Krampus, der mich im Kreis herumgewirbelt hat, bleibt plötzlich stehen, hält mich immer noch an der Taille fest, während seine dämonischen Freunde bereits Fersengeld geben.

Die schwarze hölzerne Fratze starrt mich an. Ich muss lachen, bin wie berauscht und gleichzeitig verunsichert. Die nächste Straßenlaterne steht zu weit von uns entfernt, es ist zu dunkel, um seine Augen durch die Schlitze erkennen zu können. Allein etwas an der Art, wie er mich um die Mitte hält, kommt mir vertraut vor. Mein Herz setzt einen Schlag aus und rast dann weiter wie verrückt. Ist das Mats? Ist er endlich zu mir gekommen? Will ich das? Will ich ihn? Bitte, sag was! Sag es jetzt, Mats!

Da schiebt er die schwere Maske hoch und küsst mich hastig und atemlos. Seine Zunge umwirbt tanzend die meine. Er biegt meinen Rücken durch wie ein Kavalier seine Dame während des Schlussakkords in einem Ballsaal. Ich würde das Gleichgewicht verlieren, hielte er mich nicht sicher in seinen starken Armen. Ich bin überrascht und willenlos. Mein Pulsschlag hämmert in jeder Faser meines Körpers, und das Kribbeln in meiner Magengegend fühlt sich in verräterischer Weise nicht nur nach Aufregung an.

Und dann, genauso abrupt, wie es begonnen hat, lässt er wieder von mir ab, versteckt sein Gesicht und läuft jauchzend und rutenschwingend weiter, seinen teufelsgleichen Kumpanen hinterher. Es hat alles in allem nur Augenblicke gedauert.

Ich taumele einen Schritt zurück, muss mich an der Mauer festhalten, von der Schnelligkeit seines Angriffs übermannt und von meinen eigenen Gefühlen erschreckt. Ist das jetzt wirklich passiert? Kann es denn wahr sein? Ist es wahr, dass ich diesen überstürzten Kuss derart genossen habe? Dass seine Dominanz mich regelrecht erregt hat? Dass dieser animalische Reigen Lust und Gefühle entfacht hat, von denen ich nicht wusste, dass sie überhaupt in mir schlummern? Das darf einfach nicht wahr sein! Denn das eben, das war nicht Mats, es war Simon.

DREIUNDFÜNFZIG

Auch Barbara ist außer Atem und schüttet sich aus vor Lachen. „Hahaha! War das nicht herrlich gruselig? Du hast ja sogar eine Extravorstellung bekommen! Hihihi! Das würde ich mir auch gefallen lassen!" Dann winkt sie jemandem zu und ruft dabei: „Schau, Leni, da drüben ist Mats! Huhu!"

Mats steht nur ein paar Meter von uns entfernt in einer Zuschauermenge, hebt rasch und sehr formell die Hand zum Gruß und wendet sofort wieder den Blick ab. Neben ihm steht die junge Frau, die ich vor seiner Praxis gesehen habe. Sie ist groß und sportlich, trägt das dunkle Haar kinnlang geschnitten. Sie ist sehr attraktiv, fällt mir auf.

Die Frau redet auf ihn ein und zieht ihn eilig in Richtung der Punschhütte in der Mitte des Platzes. Mats sieht sich nicht noch einmal nach uns um, geht einfach mit ihr weg. Ich schlucke. Ich bin total durcheinander.

Barbara sagt: „Ich treffe mich jetzt noch mit Freunden zum Punschtrinken, komm doch mit!"

Das fehlte mir noch, mit Mats und seinem Date bei der Punschhütte zu stehen. Zum Glück habe ich einen Grund abzusagen.

„Nein danke, Barbara, ich bringe jetzt mal die Einkäufe nach Hause und muss nach Liz und Friedrich sehen. Aber dir wünsche ich viel Spaß! Und danke noch mal fürs Mitnehmen!"

„Klar! Gerne!", ruft Barbara und verschwindet in der Menge.

Ich nehme den Korb und wandere allein in der Dunkelheit nach Hause. Als ich die Häuser und verräterischen Lichter des Dorfes hinter mir gelassen habe, kommen die Tränen und ich lasse ihnen freien Lauf. Was für ein Schlamassel! Was soll ich nur tun? Bin ich überhaupt noch in Mats verliebt oder gefällt mir jetzt Simon?

Warum habe ich bei dem Kuss so viel gespürt? Simon ist ohne Zweifel attraktiv. Etwas stürmisch vielleicht in seiner Art, aber mittlerweile fühlt sich das wie eine angenehme Abwechslung zu Mats' Zurückhaltung und Zurückweisung während der letzten paar Monate an.

Womöglich hätte ich Simon ganz anders beurteilt, wenn ich nicht ständig nur Augen und Ohren für Mats gehabt hätte. Und der scheint sich nun ohnehin anderweitig zu orientieren. Ist diese Frau seine Freundin? Haben Mats und ich so lange mit unseren Gefühlen Verstecken gespielt, dass sie die Lust dazu verloren und sich neue Spielkameraden gesucht haben? Ist das zwischen uns nicht ohnehin aussichtslos?

Bei der Hochzeit sagte er, es gehe einzig darum, was ich will. Nun weiß ich es noch weniger als je zuvor. Soll ich versuchen, Simon besser kennenzulernen, nun, da Mats eine andere hat? Ich glaube, ich habe mit Simon noch kein längeres Gespräch geführt, bei dem er nicht angetrunken war. Vielleicht überrascht er mich ja! Womoglich passen wir wirklich so gut zusammen, wie er glaubt ...

Mit dem Ärmel meines Mantels wische ich mir die Tränen ab. Ich sollte über Weihnachten nach Wien fahren. Eventuell finde ich Klarheit, wenn ich etwas Abstand zu Mats, Simon und diesem Ort gewinne. Ich muss ja nicht viele Tage fortbleiben, nur lange genug, um mit meinem Vater Weihnachten zu feiern und ein paar Freunde zu treffen.

Es beginnt zu regnen. In der Ferne sehe ich die Lichter des Gutshofes. Ich setze die Kapuze auf, greife den Henkel des Korbes fester und laufe, so schnell ich kann, ins Trockene.

Zu Hause verstaue ich die Einkäufe und schaue dann zu Liz hinein. Sie fiebert, will nur schlafen. In diesem Zustand möchte ich sie lieber nicht fragen, ob ich zu Weihnachten wegfahren kann. Dann sehe ich nach Friedrich.

Er liegt im Bett und sieht fern. „Da bist du ja! Warst du bei Liz oben?"

„Ja, aber nur kurz. Davor war ich im Dorf zum Einkaufen und dann beim Krampuslauf."

„Ah, dann hast du sicher Mats getroffen, er geht jedes Jahr hin ..."

„Mhm", sage ich, nicke und nestele am Infusionsständer mit seiner Nährflüssigkeit herum, in dem Versuch, mir nichts anmerken zu lassen.

„Hast du geweint?"

Ich zucke mit den Schultern und schüttle nicht besonders überzeugend den Kopf.

Er sieht mich prüfend an, denkt nach, dann sagt er langsam: „Vielleicht sollte ich dir sagen, dass es in unserer Praxis Tradition ist, jedes Jahr zum Krampuslauf einen unserer Patienten zum Punschtrinken einzuladen. Wer es ist, entscheidet das Los und sagt nichts aus über Sympathie, Antipathie oder dergleichen ..."

Mein niedergeschlagenes Herz hebt den Kopf und macht den Versuch eines Hüpfers.

„Ach, das war doch gar nicht der Grund!" Ich winke ab und verlasse rasch das Zimmer, um mein Lächeln zu verbergen. „Gute Nacht, Friedrich!", rufe ich über die Schulter.

Ich schließe schwungvoll die Tür hinter mir, drehe mich um und krache mit voller Wucht mit meiner Stirn gegen Mats' Kinn, der anscheinend gerade zu Friedrich wollte.

„Au!", ruft er erbost. „Pass doch auf! Wie kann man nur so rücksichtslos und unsensibel sein! Denkst du überhaupt je an die Gefühle anderer?"

O ja, er ist wütend. Und er hat jedes Recht der Welt, wütend zu sein, denn er hat gesehen, dass Simon mich geküsst hat. Und mit seiner Anklage trifft er diesmal sogar voll ins Schwarze. Denn viel wichtiger als seine Befindlichkeiten ist mir in diesem Moment, was ich gerade fühle. Und das sind zweierlei Dinge.

Einerseits spüre ich eine sanfte, erfrischende, meinen Brustkorb weitende Erleichterung darüber, dass die hübsche Frau nicht seine neue Freundin ist. Und andererseits schwelge ich trotz der Schmerzhaftigkeit unseres Zusammenstoßes in dem seltenen Genuss, ihm für einen Augenblick wieder ganz nah sein zu dürfen, und meine Knie werden weich und beginnen zu kribbeln.

Er reibt sich das schmerzende Kinn. Und anstatt auf seine laut vorgebrachten Vorwürfe zu antworten, schiebe ich seine Hand zur Seite und blase sanft auf die Stelle, wie bei einem Kind.

Entwaffnet steht er da, lässt die Arme fallen, seine Brust hebt und senkt sich, als er mir nachsieht, wie ich die Treppe hinaufsteige, Schritt für Schritt.

VIERUNDFÜNFZIG

Die nächsten Nächte verlaufen unruhig und an den Tagen bin ich fahrig und müde. Es plagt mich das schlechte Gewissen über meine erwachten, unverständlichen Gefühle gegenüber Simon und darüber, Mats erneut verletzt zu haben – sein Herz meine ich, nicht sein Kinn. Letzteres scheint in Ordnung zu sein, denn als ich ihm an einem Abend auf dem Flur vor Liz' Zimmer begegne, erkundige ich mich vorsichtig danach.

„Tut das Kinn noch weh?"

Er vermeidet es, mir in die Augen zu blicken. „Nein, alles gut." Dann geht er weiter.

Ich sehe nach Liz, doch Mats hat ihr bereits Medikamente und Tee gebracht. Sie hustet bellend und schließt die vom Fieber glasigen Augen. Es ist wieder nicht der richtige Zeitpunkt, um sie nach einem Weihnachtsfest zu Hause zu fragen.

Zwei Tage später ruft mein Vater an. „Leni, du weißt doch, dass ich nie besonders großen Wert auf die Feiertage gelegt habe. Als junger Arzt habe ich mich sogar oft am 24. zum Dienst einteilen lassen …"

Ja, seit dem Tod meiner Mutter war mein Vater zwar

entschlossen, das Fest für mich weiterhin stattfinden zu lassen, doch ich spürte immer genau, dass er nicht wirklich mit dem Herzen dabei war.

„Dieses Jahr bist du doch gar nicht in Wien, oder wolltest du etwa kommen? Du hast doch nichts dagegen, wenn ich über Weihnachten verreise?"

Nun gut, Heiligabend in Wien hat sich hiermit erledigt. „Nein, ist schon okay für mich. Schöne Reise!"

Liz ist wieder auf den Beinen, zum Glück war es nur ein grippaler Infekt und nicht die echte Grippe, die sie womöglich vierzehn Tage außer Gefecht gesetzt hätte. Friedrich hat sie in den letzten Tagen sehr vermisst, denn sie hielt sich von ihm fern, um ihn nicht anzustecken.

Nun verbringen die beiden wieder so viel Zeit wie möglich miteinander, und ich kann in meinen freien Stunden tun, was mir gefällt. Es ist zwar kalt draußen, aber trocken, und so schnüre ich nach einem einsamen Mittagessen meine Wanderschuhe und spaziere los.

In dem Versuch, Mats und seine Baustelle zu umgehen, nehme ich einen mir unbekannten Weg in die andere Richtung.

Nach einer Weile wird es steiler und der Wald dichter, doch die Bewegung und die Waldluft tun so gut, dass ich nicht daran denke umzukehren. Weiter oben teilt sich der Wald und plötzlich stehe ich auf einer Alm, an deren höchstem Punkt eine kleine Hütte steht, eine hölzerne Gämse krönt das Dach. Aus dem Schornstein kommt Rauch. Das muss die Gamshütte sein, von der Simons Freunde sprachen.

Ich bin durstig und würde mich gerne ausruhen, habe

aber in der Kälte nicht gewagt, eine Pause zu machen. Also nehme ich all meinen Mut zusammen und klopfe an.

Die Tür geht auf und vor mir steht ein alter Zausel, einen ganzen Kopf kleiner als ich, mit schlohweißem Haar und Bart und so gar nicht beängstigend. Er spricht mit starkem, steirischem Dialekt und bittet mich fürsorglich herein.

„Mädchen, pass auf, dass du dich nicht erkältest. Komm nur herein, ich habe heißen Jagertee." Und als ich mich setze, sagt er: „Ich bin der Alois, und du?"

„Ich heiße Magdalena. Leni."

„Ein schöner Name, der Name meiner Mutter." Er lächelt versonnen. „Was führt dich her zu mir?"

„Ach, ich wollte nur ein wenig wandern und bin zufällig auf deine Hütte gestoßen."

„Soso ..."

Er stellt eine Tasse mit dampfendem Tee vor mich hin und schüttet einen guten Schluck Rum hinein. Dann setzt er sich und sieht mich erwartungsvoll an. Ich lächle irritiert. Was will er von mir? Wartet er darauf, dass ich ein Gespräch beginne? Er harrt immer noch geduldig aus, ohne mit einer Wimper zu zucken. Ich zwirble eine Haarsträhne zwischen den Fingern und räuspere mich befangen.

„Ähm, entschuldige, ich weiß nicht so recht, was ich dir erzählen könnte. Ich bin aktuell ein wenig durch den Wind und vermutlich nicht die lustigste Gesellschaft ..."

„Durch den Wind?", fragt er.

„Hm, na ja, Männer ..." Ich zucke verlegen mit den Achseln.

Er schmunzelt. „Ich bin auch ein Mann. Vielleicht kann ich dir weiterhelfen?"

Das bezweifle ich zwar stark, möchte den freundlichen Alten aber nicht vor den Kopf stoßen, und so versuche ich, die Situation kurz zu umreißen.

„Nun ja, es gibt da einen Mann, in den ich schon eine ganze Weile verliebt bin, wir finden aber irgendwie nicht zueinander. Und dann ist da ein anderer Mann, der mich geküsst hat. Und jetzt weiß ich nicht, was ich tun soll. Denn es muss doch etwas bedeuten, dass ich bei dem Kuss etwas gefühlt habe. Man spürt doch kein Kribbeln im Bauch oder Herzklopfen, wenn man für den anderen nichts übrighat, oder? Und ich kann mich doch nicht mit ganzem Herzen für einen Mann entscheiden, wenn ich gleichzeitig Gefühle für einen anderen hege."

Alois reagiert nicht. Ich nippe an meinem Tee, der Alkohol breitet sich warm und feurig in meinem Magen aus.

„Ob ich in den zweiten Mann verliebt bin, kann ich doch nur herausfinden, indem ich mich auf ihn einlasse, aber sollte es sich dann als nicht zutreffend herausstellen, habe ich doch mit Sicherheit auch den ersten Mann verloren ..." Ich breche ab und beiße mir auf die Unterlippe, komme mir blöd vor, dass ich einen Fremden mit meinem persönlichen Drama vollquatsche.

Alois hört zu, bewegungslos und ohne einen einzigen Kommentar, geschweige denn mit einer aussagekräftigen Mimik, die mir verraten würde, was er über mein Dilemma denkt.

Er wartet so lange, bis ich wieder verstummt bin und niedergeschlagen mit meinem Löffel im Tee Kreise ziehe. Schließlich greift er hinter sich und legt eine große hölzerne Zither auf den Tisch. Mit flinken Fingern greift er in die Saiten und spielt eine sanfte Melodie, dann holt er Luft und singt mit alter zittriger Stimme dazu.

Ich lausche bedächtig und schaue aus dem Fenster hinter ihm, sehe die umliegenden Berggipfel, weiß vom

Schnee, sehe die grünen Nadelbäume, wie sie schwanken im Wind. Das Lied berührt mich, obwohl ich die Worte kaum verstehen kann. Doch es klingt nach Herzschmerz, nach Melancholie und ich denke an Mats.

An unseren ersten Kuss, an sein schlafendes Gesicht, an sein schallendes Lachen, seine übersprudelnde Art. Eine Träne tropft in meine Tasse, schlägt zarte Wellen und wird integriert. Ich rühre zur Sicherheit noch einmal um und sehe zu Alois auf. Mit geschlossenen Augen zupft er an dem alten Instrument, dann verklingt das Lied. Er öffnet die Augen.

„Hast du gerade an einen Mann gedacht?" Ich nicke.

„Dem gehört dein Herz."

„So einfach ist das?", will ich wissen.

„So einfach!"

„Und was ist mit dem Kuss? Mit meinen Gefühlen für den anderen Mann? Alles nur Einbildung?"

Der greise Mann betrachtet seinen Nagel am Zeigefinger, er scheint eingerissen zu sein. Dann schaut er mir wieder in die Augen und ich glaube, ein wenig Wehmut aus seiner Stimme heraushören zu können.

„Weißt du, Mädchen, manchmal bei Nacht, da verirrt sich das Herz in der Dunkelheit. Dem solltest du nicht zu viel Bedeutung beimessen. Bei Tageslicht findet es immer wieder den Weg nach Hause."

Bevor ich noch darüber nachdenken kann, was diese Worte mir wohl sagen sollen, zeigt er mit dem knorrigen Finger aus dem Fenster und stellt trocken fest: „Ein Sturm kommt."

Erschrocken springe ich auf. „Dann muss ich gehen!"

„Na, na, keine Sorge. Mein Enkel kommt jeden zweiten Tag herauf, um mir Essen zu bringen. Ich gehe schon seit

Jahren nicht mehr ins Dorf. Er wird gleich hier sein. Trink deinen Tee."

Gehorsam setze ich mich und Alois stimmt fröhlichere Lieder an. Nach ein paar Minuten wird die Tür aufgestoßen und ein Mann mittleren Alters kommt herein.

„Da, Opa, schau, das sind die Einkäufe und das hat die Karin für dich eingepackt. Im Gasthaus gibt's heute Wildgulasch. Lass es dir schmecken."

„Ich danke dir, Martin. Da schau her, das ist die Leni, kannst du sie mitnehmen hinunter?"

„Ja, freilich. Leni ... Bist du die Krankenschwester aus Wien?" Ich nicke.

„Meine Frau Karin hat mir erzählt, dass du schon einmal bei uns im Gasthaus warst, mit dem Simon, gell? Freut mich, dich kennenzulernen."

„Mich auch." Ich schüttle Simons Vater die Hand. Dann verabschiede ich mich von Alois und danke ihm für seine Gastfreundschaft.

FÜNFUNDFÜNFZIG

Draußen vor der Hütte steht ein grüner Geländewagen und ich stelle überrascht fest, dass es noch einen zweiten Weg auf die Alm gibt, nämlich eine Schotterstraße, breit genug für ein Auto. Nachdenklich betrachte ich die an mir vorbeiziehende Landschaft. Dann fasse ich einen Entschluss.

„Martin, ist Simon jetzt zu Hause?"

„Ja, der ist daheim."

„Kannst du mich mit zu euch nehmen?"

„Sicherlich."

Fünfzehn Minuten später stehen wir vor dem Wirtshaus und steigen aus dem Wagen.

Martin ruft nach seinem Sohn. „Simon! Du hast Besuch!" Er grüßt und verschwindet dann im Stall.

Simon kommt heraus, während er sich eine Jacke überzieht. „Oh, hallo Leni! Willst du nicht reinkommen?"

„Ach nein, danke, ich muss eh gleich nach Hause."

„Verstehe."

Ich warte. Er wartet. Es passiert nichts.

„Was wolltest du denn hier?"

„Ich wollte mich nur mal mit dir unterhalten, also einmal ohne Alkohol. Bei Tageslicht."

„Mhm." Er scharrt mit der Fußspitze in der Erde.

„Übrigens hast du mich beim Krampuslauf ziemlich überfallen."

„Tut mir leid."

„Ist schon gut. Aber tu es nicht wieder, okay?"

„Gebongt."

„Na, dann gehe ich jetzt."

„Soll ich dich nach Hause fahren? Ist ja doch ein gutes Stück. Und bei dem Wind?"

„Wenn's beim Fahren bleibt?"

„Versprochen."

Simon holt von seinem Vater die Schlüssel und wieder nehme ich auf dem Beifahrersitz des grünen Wagens Platz. Im Radio laufen alte Hits und Simon macht sie lauter. Während er fährt, sehe ich ihn von der Seite an und werde immer fröhlicher.

Da ist nichts! Ich spüre nichts. Mein Puls wird nicht schneller, mein Bauch kribbelt nicht, nicht der leiseste Schauer läuft über meinen Rücken. Was auch immer das in jener Krampusnacht war, es hatte jedenfalls nichts mit Simon zu tun ... Sein Urgroßvater hatte also recht!

Er fährt auf den Hof und ich steige aus, winke ausgelassen zum Abschied. Simon setzt zurück, und als ich mich umdrehe, steht Mats vor der Tür seiner Praxis und starrt mich wütend an. O Mann! Das musste ja so kommen!

„Seid ihr jetzt zusammen?", fragt er mit zusammengebissenen Zähnen.

„Da ist nichts! Gar nichts!", versichere ich ihm.

„Wer's glaubt!", schnaubt er und stapft in Richtung Haus.

Ich will dich!, will ich schreien und tu's wieder nicht. Lass uns zusammen glücklich sein!, brennt es in mir und ich lösche es aus. Zu groß ist die Angst davor zu hören: „Aber ich will dich nicht mehr! Vergiss es!"

Ich setze mich auf die Stufen der Freitreppe, kriege einen eiskalten Hintern und bemitleide mich selbst.

SECHSUNDFÜNFZIG

In den nächsten Tagen bin ich den Tränen dauernd näher, als mir lieb ist. Mal abgesehen von Mats, der mich einmal mehr ignoriert, fühle ich mich unglaublich einsam. Liz arbeitet viel und verbringt jede freie Minute mit Weihnachtsvorbereitungen oder mit Friedrich. Rosa und Arthur werden erst am Tag vor Weihnachten anreisen.

Und Friedrich, Friedrich geht es schlechter. Ich habe Angst, dass er den Heiligen Abend nicht mehr erleben könnte. Er ist abgemagert bis auf die Knochen, die Haut hängt schlaff und viel zu groß darüber. Durch die starken Schmerzmittel schläft er viel, doch wenn er munter ist, sind seine Gedanken klar.

Ich frage mich, wie es sich wohl anfühlen mag, als wacher Geist in einem versagenden Körper zu leben. Vielleicht so ähnlich wie in einem Schlauchboot zu sitzen, dem nach und nach die Luft ausgeht? Und er muss hilflos zusehen, wie er langsam versinkt ... Ich traue mich nicht, ihn danach zu fragen.

Dafür fragt er mich ständig: „Was ist los, Leni?"

„Gar nichts, Friedrich."

„Das sieht aber nicht so aus! Sprich mit mir."

„Nein, ich werde dich jetzt nicht auch noch mit meinen Problemen belasten", weiche ich aus.

„Das tust du aber! Schon mal dein Gesicht gesehen? Glaubst du, ich kann hier in Ruhe sterben, wenn deine Probleme den ganzen Raum ausfüllen?"

Ich breche augenblicklich in Tränen aus. „Du sollst auch nicht sterben!"

„Wir müssen alle einmal sterben. Darum kümmere dich bitte darum, endlich zu leben! Ich ertrage es nicht mehr, mit anzusehen, wie ihr euch umeinander dreht und wendet."

„Und wie soll ich das anstellen? Mats ist ständig sauer auf mich. Er sieht mich ja nicht einmal an. Er wird nie auf mich zugehen und offen sagen, was er fühlt. Falls er etwas fühlt!"

Friedrich richtet den Oberkörper beschwerlich auf und beginnt mit scharfer Stimme: „Mats! Mats! Was ist mit Leni? Du pochst auf Gleichberechtigung, überlässt aber die Verantwortung für dein Glück einem anderen? Du haust Mats mehrmals auf die Finger und wunderst dich dann, dass er nicht mehr den ersten Schritt macht? Er will sich auch nur schützen ... Hör gut zu, denn ich sage das nur ein einziges Mal: Du willst Offenheit? Dann sei offen! Du willst Gleichberechtigung? Dann verhalte dich danach. Du willst Liebe? Dann schenke Liebe, verdammt! Du willst, dass endlich etwas weitergeht zwischen euch beiden? DANN. TU. ENDLICH. WAS."

Ich starre ihn an. Er starrt zurück. Dann lässt er sich erschöpft ins Kissen zurückfallen.

„Würdest du mir bitte meinen Laptop bringen?"

„Klar, mach ich, Friedrich." Diesmal bin ich viel zu geschockt, um zu weinen.

Nachdem ich Friedrich seinen Laptop gebracht habe,

gehe ich in die Küche, um mir eine Tasse Tee zu machen. Ich warte darauf, dass das Wasser kocht, und da fällt mein Blick aus dem Fenster auf die Scheune. Mats steht am Fenster seiner Ordination, er schaut herüber. Mein Herz klopft panisch vor Angst los, doch als hätte sie ein Eigenleben, hebe ich die Hand zum Gruß. Er erwidert die Geste und bleibt weiterhin stehen. Ich lächle und soweit ich es aus der Entfernung erkennen kann, lächelt er zurück.

SIEBENUNDFÜNFZIG

Nun, da ich den Heiligen Abend hier verbringen werde, möchte ich Liz und Friedrich auch etwas schenken. Vor ein paar Wochen machte ich, von ihnen unbemerkt, ein Foto, als sie einträchtig in eine Decke gekuschelt auf der Terrasse saßen und die Sonne genossen. Vielleicht war es Glück, vielleicht steckt etwas Talent meiner Mutter in mir, wer weiß? Jedenfalls ist dieses Foto außerordentlich gut gelungen und ich würde es gerne rahmen lassen und unter den Weihnachtsbaum legen.

Jetzt brauche ich nur noch jemanden, der mich nach Graz fährt. Liz fällt weg. Da wir uns mit Friedrichs Betreuung abwechseln, können wir nicht beide das Haus verlassen. Mit Simon ist es mir eindeutig zu riskant und sonst kenne ich in dem Dorf eigentlich niemanden so richtig. Bliebe noch Mats oder ein teures Taxi.

Da fällt mir Barbara ein. Sie fährt doch bestimmt noch zu Kursen nach Graz, vielleicht nimmt sie mich mit. Ich texte Rosa die Bitte, mir Barbaras Nummer zu schicken. Dann schreibe ich Barbara mit der Frage nach einer Mitfahrgelegenheit. Sie antwortet prompt, dass sie täglich um zehn Uhr zu einer Probe fährt und um zwölf Uhr retour.

Perfekt!

Schon am nächsten Morgen um 10:30 Uhr stehe ich in einem Fotogeschäft und lasse mir das Bild vergrößern und in bester Qualität ausdrucken. Dann hüpfe ich über die Straße zur Rahmenhandlung. Die Verkäuferin meint, es werde etwa eine halbe Stunde dauern, da jetzt vor Weihnachten viel los sei.

Also bummle ich ein wenig durch die Innenstadt, bleibe vor diesem oder jenem Schaufenster stehen, erfreue mich an den festlich geschmückten Geschäften und Straßen. Noch ist heuer kein Schnee gefallen, doch ich finde, heute riecht es schon verdächtig danach.

Apropos Schnee, für Rosa entdecke ich eine zauberhafte antike Schneekugel mit dem Grazer Uhrturm. So kann sie ein Stück Heimat mit nach England nehmen. Für Arthur muss es einfach ein Steirerhut sein. Dann hole ich das gerahmte Bild ab und kaufe mir einen heißen Kinderpunsch und gebratene Maroni an einem der Weihnachtsstände.

Ich stelle mich vor ein Schaufenster, klemme mir das in Schutzfolie verpackte Bild zwischen die Beine und versuche, mit dem Punsch in der einen Hand und dem Papierstanitzel in der anderen eine heiße Marone aus der Schale zu pulen. Da fällt mein Blick auf die ausgestellten Waren im Schaufenster.

Die Marone flutscht mir aus den Fingern, das Stanitzel fällt zu Boden und die restlichen Maroni kullern heraus. Etwas klebriger Punsch rinnt mir über die Finger. Und ich muss so herzlich lachen wie schon lange nicht mehr. Denn ich habe soeben das perfekte Weihnachtsgeschenk für Mats gefunden.

Kurz nach zwölf treffe ich Barbara am vereinbarten Ort und wir machen uns an die Heimfahrt. Immer noch schmunzelnd betrachte ich die vorbeiziehende Landschaft.

„Mats hat mich bei der Hochzeit gefragt, ob ich zu Friedrichs Begräbnis singen würde. Ist er denn schon ...? Ich meine, geht es ihm so schlecht?", fragt Barbara zögerlich.

Das Begräbnis. In meinem Herzen reißt eine Wunde auf, dunkel wie ein schwarzes Loch. Ich schlucke.

„Schwer zu sagen. Sein Zustand hat sich in den letzten zwei Wochen rasant verschlechtert. Das kann am Ende ganz schnell gehen."

Barbara nickt traurig und fährt schweigend weiter.

Ich schaue wieder aus dem Fenster, doch sehe ich kaum etwas von der Gegend. Vor meinem inneren Auge erscheine ich selbst als Zwölfjährige im schwarzen Faltenrock neben meinem Vater. Und viele Menschen in Schwarz stehen um uns herum. Der Pfarrer redet irgendein Zeug, dann lassen sie sie hinunter, wir schmeißen Erde drauf, und am nächsten Morgen geht wieder die Sonne auf, so als wäre nichts geschehen.

Bedrückt steige ich aus dem Auto und laufe die Treppe zum Gutshaus hinauf. Ich drehe mich um, um Barbara zu winken, und die ersten weißen Flocken dieses Jahres fallen nieder.

ACHTUNDFÜNFZIG

Ich weiß nicht, ob Liz jedes Jahr so einen Aufwand betreibt oder ob sie das diesjährige Weihnachtsfest ganz besonders zelebrieren möchte. Viele der Bräuche kenne ich gar nicht, denn wie gesagt, in unserer Familie wurden Traditionen nur sehr rudimentär gelebt.

Liz backt Kletzenbrot und mindestens zehn verschiedene Sorten von Keksen. Sie räuchert das ganze Haus mit Weihrauch und verspritzt Weihwasser, indem sie einen kleinen Tannenzweig hineintaucht und damit wedelt wie ein Pfarrer mit seinem Aspergill. Sie tauscht die hellen Vorhänge des Wohnzimmers gegen dunkle, schwere und die hellen Kissen gegen welche mit weihnachtlichem Dekor.

Die Fenster werden mit Sternen aus Tannenzweigen geschmückt und auf der Freitreppe stehen große Laternen, die täglich bei Einbruch der Dunkelheit angezündet werden. In das große Fenster im Wohnzimmer stellt sie feierlich den alten Schwibbogen aus dem Erzgebirge. Es ist ein Erbstück ihrer Familie, das von Generation zu Generation weitergegeben wird. Am Esstisch warten Barbarazweige auf ihren Einsatz.

Nur noch drei Tage bis Weihnachten. Ich bin aufgeregt.

Wie wird Mats mein Geschenk gefallen? Gerade herrscht so etwas wie höfliche Waffenruhe zwischen uns beiden. Wir lächeln einander zu, wenn wir uns im Flur oder in der Küche begegnen. Ich habe das Gefühl, dass er nicht mehr krampfhaft versucht, mir aus dem Weg zu gehen, und mein Körper schreit auch nicht mehr sofort *Flucht!*, wenn ich ihn hereinkommen sehe.

Und doch ist viel zu viel passiert, als dass es so einfach im Vorübergehen möglich wäre zu sagen: „Also Mats, ich hab's mir überlegt. Wie wär's? Versuchen wir es miteinander?" Bei diesem wahnwitzigen Gedanken muss ich kichern.

Mats, der sich gerade mir gegenüber an den Küchentisch setzt, fragt neugierig: „Was denn?"

„Ach, nichts. War nur ein Gedanke."

„Freust du dich schon auf Weihnachten?", will er wissen.

„Ja." Ich nicke.

„Schenkst du mir was?", fragt er neugierig.

„Verrat ich nicht", erwidere ich grinsend und kriege das Lächeln nicht mehr aus dem Gesicht, denn in meinem Bauch tanzen die Schmetterlinge, wenn ich in seine blitzenden Augen blicke.

Liz kommt herein und zerstört den Moment. „Mats, wir brauchen wieder eine Fuhre Feuerholz, kannst du sie dann bitte abholen fahren?"

„Ach, kann ich das nicht mit Arthur machen, wenn er da ist? Dann muss ich nicht alles alleine tragen. Ups, schon so spät! Bei mir kommen gleich die ersten Patienten!" Er lächelt mir zu und verlässt hastig die Küche.

Immer noch glücklich esse ich mein Müsli auf und räume den Tisch ab. Liz steht an der Spüle in Gedanken versunken.

Als ich aufstehe, sagt sie: „Es ist bald so weit." Sie meint Friedrich.

„Ich weiß." Ich stelle die Schüssel ab und öffne die Arme. Sie lässt sich ganz einfach umarmen, fromm wie ein Lämmchen steht sie da mit herabhängenden Händen und legt den Kopf auf meine Schulter.

Dann wischt sie sich die Tränen ab und fährt mit ihren Aufgaben fort. Ich gehe mit der heutigen Tageszeitung zu Friedrich. Die Sache ist die: Es gibt einfach keine passenden Worte, die angemessenen Trost spenden könnten. Das weiß niemand besser als ich.

NEUNUNDFÜNFZIG

Am nächsten Morgen stelle ich den Wecker extra früher, um Mats nicht zu verpassen, bevor er mit seiner Arbeit beginnt. Ich mache mir Frühstück und setze mich dann betont lässig an den Tisch. Dann esse ich mein Müsli auf und warte und warte. Liz kommt und geht, immer beschäftigt.

„Na, du bist heute aber früh auf den Beinen", stellt sie im Vorübergehen fest.

„War schon ausgeschlafen", flunkere ich.

„Ich habe heute den letzten Nachtdienst vor meinem Urlaub, das heißt, wenn du etwas aus Graz brauchst, kann ich es dir nur noch heute mitbringen."

„Danke, Liz, aber ich brauche nichts!"

Sie verlässt wieder die Küche. Langsam komme ich mir blöd vor. Ich habe mein Frühstück längst aufgegessen und Mats kommt immer noch nicht. Ich würde die Tageszeitung lesen, aber ich kann sie nirgends entdecken. Es gelingt mir nicht mehr lange, vorzugeben, beschäftigt zu sein, mittlerweile wird es auffällig. Außerdem ist es fast sieben, der Zeitpunkt, da Mats die Praxis aufsperrt. Ist er vielleicht gar nicht da?

Ich stehe auf, nehme meine leere Müslischüssel und

gucke aus dem Fenster über der Spüle. Doch, da draußen steht sein Auto. Er muss also zu Hause sein. Hat er verschlafen? Für einen Moment schließe ich die Augen, denn in meinem Kopf entstehen Bilder.

Ich sehe Mats, wie er nackt auf dem Heuboden der Ziegenhütte schläft. Lautlos und friedlich. Sein schönes Gesicht, seinen sexy Körper, das ungekämmte Haar. Und ich glaube, mich daran zu erinnern, wie er riecht, männlich und aufregend fremd. Hinter mir höre ich Liz hereinkommen, öffne die Augen und drehe mich um. Doch es ist Mats.

„Ah, hier bist du!", rutscht es ihm heraus.

Ich lehne mit dem Rücken an der Spüle, die Müslischüssel in einer Hand vor meinem Bauch. Er steht nur eine ganze Schüsselbreite von mir entfernt und macht keine Anstalten sich zu bewegen.

Ich frage: „Kein Frühstück heute?"

Verlegen fährt er sich durch die Haare. „Ähm, ich wollte in der Früh gleich zu Papa und ihm die Zeitung vorlesen."

„Ach so." Ich habe das Gefühl, man kann meinen Puls an meiner Halsschlagader schon von Weitem erkennen. Hat er vielleicht extra auf mich gewartet? Schnell bedecke ich den Hals mit einer Hand, um das Pulsieren zu verstecken.

„Und ich wollte erst mal was essen, bevor ich zu Friedrich gehe."

„Verstehe", antwortet er und sieht auf meinen Mund.

Liz kommt herein. „Mats." Und als er nicht reagiert: „Matthias!"

„Ja?" Er dreht sich um.

„Es warten Patienten vor der Tür in der Kälte."

„Ich komme!" Er läuft hinaus.

Liz schüttelt den Kopf und murmelt im Hinausgehen

vor sich hin.

Ich bleibe zurück, lasse die Müslischüssel sinken und ziehe noch einmal die Luft ein. Er riecht gar nicht fremd. Er riecht nach Mats.

SECHZIG

Einen Tag vor Heiligabend schleppt Mats den großen Christbaum ins Haus und stellt ihn unter Flüchen auf.

Gemeinsam schmücken er und Liz ihn mit Strohsternen, getrockneten Orangenscheiben, roten Glaskugeln und Zieräpfeln sowie duftenden Bienenwachskerzen. Unter den Baum platziert Liz eine hölzerne Krippe, die die Geburtsstunde Jesu zeigt.

Während die beiden beschäftigt sind, schleiche ich mich noch einmal in Mats' Ordination, um Friedrichs letzten Brief auszudrucken. Den Brief, für den er viele, viele Tage gebraucht hat, weil er schon beinahe zu schwach zum Tippen ist. Den Brief an Liz.

Am späten Nachmittag kommen Rosa und Arthur an, rotwangig und voller Energie, wie immer. Im Gepäck haben sie Christmas Cracker sowie einen selbstgemachten Christmas Pudding von Grandma Margaret. Es hat wieder den ganzen Tag geschneit und abends liegt der Schnee bereits kniehoch. Ich genieße Rosas Anwesenheit über alle Maßen. Gleich am ersten Abend ziehen wir uns auf das Sofa zurück, als wären wir langjährige Freundinnen.

„Erzähl, wie ist das Eheleben, Rosa?"

„Hihi, eigentlich ist es gar nicht so viel anders als vorher. Aber es fühlt sich schon großartig an, zum Beispiel im Restaurant sagen zu können: ‚My husband will be here in a minute.' Da fühle ich mich dann total wichtig und erwachsen. Und echt jedes Mal, wenn der Bäcker zu mir sagt: ‚Good Morning, Mrs. Aldridge', drehe ich mich um, weil ich denke, meine Schwiegermutter steht hinter mir ..." Wir lachen. „Ich denke, ich brauche noch eine Weile, um mich daran zu gewöhnen ... Aber erzähl von dir, Leni! Gibt es was Aufregendes von Simon zu berichten? Oder seid du und Mats endlich zur Vernunft gekommen?"

„Was ist mit mir?", ruft Mats aus der Küche, wo er mit Arthur Brote schmiert.

Ich hätte mir denken können, dass er lange Ohren bekommt.

„Ob du endlich zur Vernunft gekommen bist, will ich wissen!", schreit Rosa lachend.

O Gott! Diese Familie! Ich versinke im Erdboden.

Mats steht in der Tür und grinst. „Um wieder zur Vernunft zu kommen, müsste man sie zuvor verloren haben, was voraussetzt, dass man vorher eine gehabt hat. Ich schließe das für mich aus."

Rosa verdreht die Augen und schüttelt den Kopf. Mats verschwindet wieder. Ich weiß nicht so recht, was ich davon halten soll. Eigentlich hätte mich eine ehrliche Antwort brennend interessiert.

Am Abend in meinem Zimmer packe ich die Geschenke ein und rufe meinen Vater an. Egal wie wenig feierlich die Weihnachtsfeste bei uns waren. Egal, was ich sagte, als er mich fragte, ob seine Reise für mich okay sei. Er ist meine Familie. Ich vermisse ihn.

EINUNDSECHZIG

Am nächsten Morgen, dem 24. Dezember, fängt Liz schon nach dem Frühstück mit dem Kochen an. Der riesige Truthahn muss gefüllt werden und den ganzen Tag im Ofen schmoren. Mats und Arthur schaufeln den Schnee in der Auffahrt und vor der Scheune weg und schleppen das Holz für den Kamin herein. Dann begibt sich Mats noch einmal in die Praxis, um die letzten Patienten zu empfangen, und Rosa fährt mit Arthur los, um Freunde und Verwandte zu besuchen.

Friedrich hat Schmerzen, langsam versagen die üblichen Schmerzmittel bei ihm, ich muss die Morphindosis erhöhen, doch auch er freut sich auf den Heiligen Abend.

Bei Einbruch der Dunkelheit möchten Liz, Rosa und Arthur in die frühe Weihnachtsmesse gehen. Mats übernimmt die Aufgabe, den Truthahn zu beobachten und regelmäßig zu übergießen. Ich nutze die Zeit, um Friedrich feierliche Kleidung anzulegen, dann selbst mein langes, rotes Kleid anzuziehen und meine Geschenke unter dem Baum zu verteilen. Es liegen bereits einige Päckchen darunter, sogar ein kleines würfelförmiges mit meinem Namen darauf. Er wird doch nicht? Nein, das wäre ja verrückt! Ist er verrückt?

Ich bleibe einen Moment stehen, als ich an der Küche vorbeigehe, und sehe Mats zu, wie er mit der Bratensaftspritze den Truthahn übergießt. Er lächelt mir kurz zu, konzentriert sich dann aber wieder auf das heiße Fett.

„Du siehst wunderschön aus!", ruft er mir nach, als ich schon im Flur bin. Verrückt!

Um 18 Uhr geht es los. Der Truthahn steht dampfend auf dem Tisch und Mats zeigt, wie gut er das Skalpell beherrscht. Dazu reicht Liz Bratkartoffeln sowie Rotkraut mit Maroni.

Danach flambiert Arthur für uns routiniert den Christmas Pudding und wir kosten alle ein Stück davon mit etwas Brandybutter. Daraufhin brauchen wir einige von Liz' Keksen, um den Geschmack zu neutralisieren. Dann zündet Liz die Christbaumkerzen an, löscht das Licht und Mats und Arthur schieben Friedrichs Bett ins Wohnzimmer.

Liz ergreift Friedrichs Hand und meine, da ich neben ihr stehe. Ich nehme Arthurs Hand und er Rosas. Rosa reicht Mats die Hand und er schiebt seine verbleibende in Friedrichs. So bilden wir einen feierlichen Kreis um das Bett und Liz stimmt Weihnachtslieder an.

„Es wird scho glei dumpa" und „Es ist ein Ros' entsprungen" und „Stille Nacht". In dem großen dunklen Raum, nur durch Kerzenlicht erleuchtet, kann ich die Gesichter der anderen kaum erkennen. Ich sehe zu Mats und Friedrich hinüber und bekomme eine Gänsehaut. Es dauert nicht mehr lange. Ich wünschte, ich könnte Mats diesen Schmerz ersparen. Ich wünschte, er wäre wieder glücklich, so wie früher.

Wenn ich an jenes Wochenende im August denke, an

dem ich Liz und Friedrich kennenlernte, wir Mats' Geburtstag feierten und Johann und die Ziegen retteten, dann kommt es mir wie vor einer Ewigkeit vor. Und wie in einem anderen Leben.

ZWEIUNDSECHZIG

Dann geht das Licht wieder an und Liz bläst die Kerzen aus. Wir versammeln uns um den Weihnachtsbaum. Liz und Arthur auf der Couch, ich im Ohrenstuhl, Mats setzt sich auf Friedrichs Bettkante, Rosa sitzt am Boden, denn sie will die Geschenke verteilen.

Zuerst kommt Arthur dran mit einem lang gewünschten, doch längst vergriffenen Gartenfachbuch, das Rosa in einem Antiquariat aufgespürt hat. Liz bekommt von ihren Kindern einen wunderbar weichen Kaschmirschal. Friedrich erhält eine limitierte Aufnahme des fantastischen Neujahrskonzertes der Wiener Philharmoniker aus dem letzten Jahr sowie ein Fotoalbum von ihren gemeinsamen Jahren, das Liz gestaltet hat. Dazu passt gut das Bild, das ich für sie vergrößern ließ, und Liz hält es hierhin und dorthin, auf der Suche nach dem geeignetsten Platz.

Rosa und Arthur freuen sich ebenso über meine Geschenke und überreichen mir ein hübsches Trachtentäschchen. Ich überlege noch, wozu ich es tragen könnte, da übergibt mir Liz ihr Geschenk. Es ist ein echtes, traditionelles Steirerdirndl.

Sie sagt: „Du gehörst doch zu uns."

Ich bin sehr gerührt über diese Geste. Mats erhält für sein neues Haus eine antike Lampe seines Ururgroßvaters, die früher im Gutshaus hing, und ein Paar Schneeschuhe mit einem Augenzwinkern von Rosa und Arthur. Rosa packt eine hübsche Kette von Arthur aus und bekommt von Liz und Friedrich den gewünschten Hartschalenkoffer. Jetzt sind nur noch wenige Päckchen übrig.

„Hier steht Leni drauf!" Triumphierend reicht mir Rosa das kleine Paket und grinst in Richtung Mats.

Auch Arthur reißt gespannt die Augen auf. Liz nimmt einen Schluck Wein. Vorsichtig entferne ich das Papier und öffne das Schächtelchen. Es ist tatsächlich ein Ring. Ein goldener zarter Reif mit einem zierlichen Steinchen darin. Rosa und Arthur halten die Luft an. Ich weiß nicht, was ich sagen soll. Ich blicke zu Mats, doch der stopft sich gerade ein Vanillekipferl in den Mund.

„Ah", Liz stellt das Glas ab, „ganz vergessen! Das kam schon letzte Woche an, mit diesem Brief dazu." Sie übergibt mir das Kuvert. Es ist eine Karte darin, von meinem Vater.

„Er schreibt, dass dies der Ring war, den meine Mutter als junge Frau trug. Er möchte, dass er nun mir gehört", erkläre ich.

„Das ist schön", sagt Liz.

Rosa und Arthur sehen einander an und zucken die Schultern. Ich stecke mir den Ring an meinen Finger. Er hat genau die richtige Größe.

Nun findet Rosa mein Geschenk für Mats und überreicht es ihm. Gespannt packt er es aus und betrachtet den Umschlag des Romans. Auf dem Cover prangt eine Illustration, die einen äußerst muskulösen Arzt mit langem, wallendem Haar zeigt, der eine vollbusige Krankenschwester in seinen Armen hält.

Laut liest er den Titel vor: „Der Doktor und die Schwester – Kann ihre Leidenschaft zu Liebe werden?" Mats' Mundwinkel beginnen zu zittern. Er sagt trocken: „Wenn ich das nur wüsste!"

Rosa übersetzt den Titel flüsternd für Arthur. Der prustet los. Mats stimmt schallend mit ein. Rosa und Liz lachen Tränen und sogar Friedrich kichert lautlos in seinem Bett.

Als sich alle wieder gefangen haben, sagt er mit matter Stimme: „Ihr zwei! Ich wüsste wirklich gern, wie diese Geschichte ausgeht."

Immer noch belustigt öffnet Mats das Buch und liest stumm die Widmung. Sein Lachen verebbt, weicht einem glücklichen Gesichtsausdruck. Auf der ersten Seite steht: „Für meinen Doktor – In Liebe, Leni".

Er sieht mir in die Augen, verlegen weiche ich seinem Blick aus. Ich denke, einen größeren ersten Schritt kann man nicht tun. Der Rest liegt nun bei ihm. Ein allerletztes Geschenk ist noch übrig. Mein Name steht darauf. Es ist von Mats. Ich packe es aus und finde ein wunderschönes geschnitztes Schmuckkästchen.

Mats sagt: „Es ist aus dem Holz der abgerissenen Ziegenhütte gemacht." Alle bewundern die kunstvollen Schnitzereien. Was sie nicht sehen, ist, dass Mats in die Innenseite des Deckels ein kleines Herz geritzt hat. Ich fahre mit dem Finger darüber und lege den Ring meiner Mutter hinein. Den Rest des Abends gebe ich das Kästchen nicht mehr aus der Hand.

DREIUNDSECHZIG

Es ist spät geworden. Friedrich ist bereits eingenickt, seine Atmung ist flach, er wirkt bleich. Liz nimmt mich zur Seite und wir beschließen, ihn ab jetzt auch nachts nicht mehr allein zu lassen. Da Liz von all den Vorbereitungen der letzten Tage sehr erschöpft ist und ein paar Stunden Schlaf braucht, übernehme ich die erste Schicht.

Während die Männer das Bett wieder in Friedrichs Zimmer schieben, gehe ich mir rasch etwas Praktischeres anziehen. Als ich Mats an Friedrichs Zimmertür begegne, drückt er meinen Arm und wünscht mir eine gute Nacht. Ein paar Mal höre ich noch die Klospülung, dann kehrt Ruhe ein im Haus. Ich ziehe die Beine an und mache es mir im Sessel bequem, da höre ich, dass Friedrich erwacht.

„Ich hab Angst, Leni", flüstert er.

Was soll ich nur darauf erwidern? Ich könnte sagen: „Hab keine Angst, Friedrich." Doch das hört sich anmaßend an, woher soll ich wissen, ob es angebracht ist, sich zu fürchten? Vielleicht sollte ich sagen: „Ich weiß, Friedrich." Aber weiß ich es denn? Kann ich denn nachvollziehen, wie es sich tatsächlich anfühlt, an der Schwelle zum Tode zu stehen? Gibt es irgendetwas, das ich sagen könnte, was diesen Augenblick für ihn erträglicher machen würde? Es will mir nicht einfallen ...

So flüstere ich nur „Ich bin bei dir". Und das, obwohl mir genau wie ihm bewusst ist, dass er seinen letzten Weg alleine gehen muss.

Ich lege mich zu ihm aufs Bett, da ist genug Platz für zwei, er ist so furchtbar dünn geworden. Wir sehen beide zur Decke und schweigen eine Weile. Er nimmt meine Hand. Die seine ist so leicht wie ein Vögelchen.

Dann flüstert er: „Versprichst du mir was?"

„Ja."

„Versprich mir, dass du dich immer selbst um dein Glück kümmern wirst. Gib das nicht aus der Hand."

„Versprochen, Friedrich ... Und du? Versprichst du mir auch etwas?"

„Klar."

„Grüß bitte meine Mama von mir."

„Das mach ich."

Ich denke, er ist wieder eingeschlafen, so ruhig liegt er neben mir.

Doch dann sagt er: „Holst du mir meine Weihnachtsgeschenke?"

Leise, um niemanden zu wecken, schleiche ich mich ins Wohnzimmer und hole das Fotoalbum und die CD. Als ich zurück im Zimmer bin, deutet er auf den CD-Player im Regal und ich lege die Wiener Philharmoniker ein. Schwungvoll und euphorisch erklingen die weltberühmten Walzer und Tänze der Komponistenfamilie Strauss. Ich ziehe meinen Stuhl neben Friedrichs Bett und halte das schwere Fotoalbum, während er die Bilder seines Lebens betrachtet.

Er erzählt nichts darüber und ich frage nicht danach.

Denn er scheint glücklich zu sein, so alleine mit seinen Erinnerungen. Gelegentlich streift sein Finger matt über das glänzende Papier, als wollte er sich vergewissern, dass dieser Moment tatsächlich stattgefunden hat. Er schließt die Augen und zu den Klängen der „Schönen blauen Donau" sinkt er mit einem zarten Lächeln auf den Lippen wieder in den Schlaf.

Ich lege das Album weg und schalte den Player aus, nehme mein Buch zur Hand und warte.

VIERUNDSECHZIG

Gegen drei Uhr nachts löst Liz mich ab und ich falle erschöpft ins Bett und sofort in einen traumlosen Schlaf. Um sieben Uhr klingelt mein Wecker. Ich dusche, wasche mir die Schminke des gestrigen Abends aus dem Gesicht und begebe mich dann nach unten, um Liz abzulösen. Mit dunklen Schatten unter den Augen sieht sie mich an.

Sie sagt mit belegter Stimme: „Wir sollten die anderen wecken. Er atmet nur mehr schwach."

Ich klopfe an Rosas und Mats' Zimmertüren und bitte sie zu kommen. Nach ein paar Minuten sind alle versammelt. Der Vormittag tröpfelt dahin. Zu Mittag bringe ich ihnen ein paar Sandwiches und Tee hinein, doch außer ein paar Bissen geht nichts weg.

Arthur wartet verloren im Wohnzimmer und blättert in der Zeitung. Ich setze mich eine Weile zu ihm, doch wir wissen nicht so recht, was wir miteinander sprechen könnten. Schließlich räumen wir die Küche auf, die noch Spuren der Weihnachtsvorbereitungen zeigt. Danach sehe ich wieder nach den anderen.

Als ich das Zimmer betrete, ist Friedrich gerade wach. Rosas Kopf liegt an seiner Schulter, Mats hat beide Hände um Friedrichs Hand geschlossen, Liz steht am Kopfende über ihm und küsst seine Stirn.

Beinahe tonlos sagt er: „Ich liebe euch." Dann schläft er wieder ein. Das ist das letzte Mal, dass Friedrich erwacht.

Ein paar Stunden später, genauer um 19:12 Uhr, sagt Mats mit erstickter Stimme: „Ich spüre keinen Puls mehr."

Ich reiche ihm ein Stethoskop. Er hört sein Herz ab und schüttelt den Kopf. Rosa und Liz brechen schluchzend zusammen, umarmen den toten Körper, wollen ihn festhalten, nicht gehen lassen. Noch einmal streichelt Mats über Friedrichs schlaffe Hand und verlässt weinend den Raum.

Ich stehe auf, meine Tränen kullern zu Boden. In Gedanken verabschiede ich mich von Friedrich. Ich danke ihm, dass ich ihn in seinen letzten Momenten begleiten durfte und dass er mir seine Geschichte erzählt hat, manchmal friedlich, manchmal wütend, manchmal voller Trauer.

Mir wird bewusst, wie ähnlich feierlich sich die ersten und letzten Minuten eines Lebens anfühlen. Wir stehen staunend und ehrfurchtsvoll vor dieser unbekannten Kraft, die nur ihren eigenen Spielregeln folgt, und können nichts anderes tun, als Zeugen zu sein.

Dann lasse ich die Familie allein und gebe Arthur Bescheid. Schluchzend schlingt Rosa die Arme um ihren Mann und er trägt sie hinauf in ihr Zimmer. Liz legt sich neben Friedrich, ihr Gesicht an seinem Hals vergraben, und weint leise. Ich bin sicher, sie möchte jetzt für sich sein.

Langsam gehe ich die Treppe hinauf. Vor Mats' Zimmertür zögere ich kurz, doch dann nehme ich mich zusammen und klopfe leise an. Er antwortet nicht. Ich öffne die Tür und trete ein. Mats liegt auf seinem Bett, den Körper zur Wand gedreht. Ich setze mich hinter ihn auf die Bettkante und berühre seine Hüfte. Da dreht er den Kopf zu mir und blickt mich mit roten Augen an.

Er schnieft. „Bleibst du trotzdem hier? Bei mir?"

Keine Ahnung, was er mit trotzdem meint, doch ich sage: „Ja, ja natürlich." Und lege mich zu ihm, umarme ihn ganz fest von hinten, drücke meine Brust an seinen Rücken. Und sobald unsere Atmung sich synchronisiert hat, sind wir eingeschlafen.

FÜNFUNDSECHZIG

Erst nach zehn Stunden Schlaf wache ich auf. Es ist schon Morgen, langsam wird es heller. Mats und ich liegen immer noch verschlungen da. Als ich mich bewege, schlägt er die Augen auf und lächelt, glücklich, mich zu sehen. Dann trübt sich sein Blick, denn der Verlust kehrt zurück in sein Bewusstsein.

Er fasst sich an den Hals, krümmt sich mit verzerrtem Gesicht. Ich weiß, wie weh das tut, was für körperliche Schmerzen Trauer verursacht. Ich habe es selbst erlebt. Also halte ich ihn, streichle über sein Haar und bin dankbar dafür, dass er es zulässt.

Als er sich wieder gefangen hat, frage ich: „Ich würde gerne nach Liz sehen. Ist das okay für dich?"

Er nickt.

Liz ist ziemlich gefasst oder steht unter Schock. So genau kann ich das vorerst nicht feststellen. Ganz die Palliativschwester bereitet sie alles für den Abtransport vor. Sie ruft den Pfarrer an und organisiert das Begräbnis. Ich stelle ihr eine Tasse Tee hin und warte eine Weile, doch sie beachtet mich nicht, sondern telefoniert die Verwandtschaft durch, um ihnen Bescheid zu geben.

Ich sehe ein, dass ich hier vorläufig nicht helfen kann. Arthur kommt in die Küche und bittet um etwas Tee und Toast. Dann trägt er das Tablett zu Rosa hinauf. Dasselbe bereite ich für Mats vor, doch als ich es ihm bringen will, kommt er mir geduscht und angezogen entgegen. Er nimmt mir das Tablett ab und gibt mir einen Kuss zum Dank. Liz hat ihre Telefonate beendet und verlässt wortlos und mechanisch die Küche.

Besorgt sieht Mats ihr nach, wendet sich dann jedoch an mich. „Komm, lass uns frühstücken. Es hilft ja alles nichts."

Beim Essen hält er meine Hand, als hätte er Angst, ich könnte ihm wie ein Luftballon davonfliegen. Dann läutet es, ich gehe nachsehen.

„Mats, die Männer vom Bestattungsunternehmen sind da."

Von Liz keine Spur. Wir weisen ihnen den Weg zu Friedrichs Zimmer, doch betreten wollen wir es nicht. Wir warten draußen auf dem Flur. Ich kann sehen, wie Mats sich die Tränen verkneift, als sie den Transportsarg mit seinem Vater darin zum Auto tragen. Ich laufe und hole die Unterlagen, die Liz vorbereitet hat, und gebe sie den Männern mit. Der Leichenwagen fährt davon. Wir werden Friedrich nie mehr wiedersehen.

Nun bricht Mats in Tränen aus. Wir sinken auf die Treppe und bleiben lange eng umschlungen sitzen.

Etwas später kommen Rosa und Arthur ziemlich mitgenommen herunter und Rosa fragt schniefend: „Können wir nicht irgendetwas Schönes unternehmen? Bitte!"

Arthur fragt: „Do you have toboggans?"

Also packen wir uns dick ein, Mats kramt in der Garage zwei hölzerne Schlitten heraus und wir ziehen sie rauf auf die elendslange, steile Wiese hinter dem Haus. Der Schnee liegt zum Glück schon ein paar Tage und ist fest und trocken geworden. Perfekte Bedingungen für ein Rodelwettrennen.

Als wir endlich schwitzend und schnaufend oben ankommen, reißt die Wolkendecke auf und die Sonne scheint uns tröstlich warm ins Gesicht. Wir besteigen die Schlitten und ich schlinge meine Arme fest um Mats. Dann fällt das Startkommando und unter lautem Kreischen rutschen wir fast senkrecht in die Tiefe.

Die rasende Fahrt wird schneller und schneller und ich fühle Angst und Freude und Schauer und Glück! Die Geschwindigkeit steigt mir zu Kopf und ich lasse Mats los und reiße die Arme hoch, als wollte ich fliegen. Ich fühle mich berauschend lebendig, grenzenlos und frei. Woohoo!

Eine kleine Mulde oder ein Höcker, und schon liege ich lachend im Schnee. Mats bremst ab und läuft zu mir, zieht mich auf die Beine.

„Der Doktor sagt, du darfst solche gefährlichen Sachen nicht mehr machen. Und du weißt ja, die Anweisung eines Arztes muss man befolgen."

„Jawohl, Herr Doktor", antworte ich lachend und sprinte los, um als Erste beim Schlitten zu sein. Ich sitze auf und stoße mich ab, Mats kann sich gerade noch hinter mich schwingen, und als wir die letzten Meter hinabsausen, legt er beschützend die Arme um mich und drückt seine kalte Wange an meine.

Wir alle, besonders Mats und Rosa, sind voll der Trauer, und doch fällt es einfach schwer, alles nur in Schwarz und Grau zu sehen, wenn die Welt um uns herum in hellem Weiß erstrahlt und magisch glitzert. Und es fällt gar nicht so schwer, sogar ein klein wenig glücklich zu sein, weil es im

Bauch so sehr kribbelt, sei es von der Geschwindigkeit oder der Liebe.

SECHSUNDSECHZIG

Als wir mit roten Wangen zu Hause ankommen, ist Liz immer noch verschwunden. Mats geht in ihr Schlafzimmer. Als er herauskommt, meint er: „Sie sagt, sie sei einfach müde. Lassen wir sie schlafen."

Wir vier essen gemeinsam und verbringen den Nachmittag faul auf der Couch mit uralten DVDs. Marilyn Monroe, Barbara Streisand und, ja, ich gebe es zu, Robert Redford. Ich liege in Mats' Arm, ein Bein um das seine geschlungen, und lege den Kopf auf sein gleichmäßig schlagendes Herz. Und immer wieder küsst er mich zurückhaltend auf die Wange, keusch wie ein Teenager seine erste Flamme.

Rosa bringt Liz Essen hinauf, berichtet uns jedoch, dass ihre Mutter immer noch schläft. Während des Abendbrots beginnen Mats und Rosa von Friedrich zu erzählen.

„Rosa, weißt du noch, als wir früher immer im Sommer in Italien waren und Papa mit den Einheimischen Fußball spielte? In Badehose und ohne Schuhe. Er hatte so viel Spaß!"

„Ja, und weißt du noch, wie er mich jede Samstagnacht von der Disco abgeholt hat, damit ich nicht mit einem

Betrunkenen mitfahre? Er hat sich nie beschwert, egal wie spät es war." Rosa wischt sich die Tränen ab. „Einmal zum Hochzeitstag organisierte er eine ganze Blaskapelle und tanzte mit Mama in der Einfahrt. Es war ihr so peinlich!" Sie lachen beide.

„Und als wir das Sommerfest veranstalteten zum zwanzigjährigen Bestehen der Praxis, da kamen wirklich alle Patienten und er hielt diese tolle Rede. Wie sie lachten, wie sie ihn schätzten! Ich war so stolz auf ihn! Er war immer voller Liebe, für jeden Menschen."

Da erinnere ich mich: „Friedrich hat für euch Briefe geschrieben. Wartet, ich hole sie schnell!"

Und jeder von ihnen zieht sich in eine Ecke des Hauses zurück, um in Ruhe lesen zu können. Ich gehe mit dem letzten Brief hinauf zu Liz. Sie liegt im Bett und starrt an die Decke.

Ich sage: „Hier, dieser Brief ist für dich, von Friedrich. Er hat ihn vor ein paar Tagen erst geschrieben." Ich halte ihn ihr hin. Doch sie rührt sich nicht. Also lehne ich ihn an ihre Nachttischlampe. „Brauchst du irgendetwas?"

Sie schüttelt den Kopf. Ich betrachte sie eine Weile und kaue ratlos auf meiner Unterlippe. Dann lasse ich sie wieder allein.

Ziellos streife ich durch das stille Haus. Rosa und Arthur haben sich auf ihr Zimmer zurückgezogen. Mats anscheinend auch auf seines, denn ich kann ihn nirgends entdecken. Mein Herz klopft schneller, wenn ich daran denke, dass er wohl auf mich wartet, dass wir ab jetzt in einem Zimmer schlafen, weil wir, ja, weil wir nun ein Paar sind.

Wann genau ist das eigentlich passiert? In der Minute, als er meine Widmung las? Oder in dem Augenblick, als ich das Herz in seiner Schmuckschatulle bemerkte? Oder in dem Moment, in dem er mich fragte, ob ich bleiben würde, und ich blieb? Ich kann es nicht mehr sagen. Vielleicht ist es ja schon weit früher geschehen und ich habe es einfach nicht wahrhaben wollen.

SIEBENUNDSECHZIG

Ich lösche im ganzen Haus die Lichter, gehe auf mein Zimmer, dusche und putze mir die Zähne. Dann ziehe ich mein Schlafshirt und meine Jogginghose an und wandere hinüber in Mats' Zimmer. Er sitzt am Schreibtisch und starrt in Gedanken versunken aus dem Fenster in die schwarze Nacht. Auf dem Schreibtisch vor ihm liegt geöffnet Friedrichs Brief.

Ich stelle mich hinter ihn und lasse meine Finger durch sein Haar gleiten. Eine Weile genießt er es, dreht sich dann mit dem Stuhl zu mir und nimmt mich auf den Schoß, vergräbt seinen Kopf an meiner Brust. Ich drücke ihn fest an mich, er kann bestimmt mein Herzklopfen spüren.

Er hebt den Kopf und küsst mich, langsam zuerst, dann immer wilder, verzweifelter. Seine Hand wandert unter mein Shirt auf meine Brüste. Ich stehe auf und schlüpfe aus meiner Hose, streife mein Shirt über den Kopf. Nackt ziehe ich ihn auf die Beine und auch er lässt Boxershorts und T-Shirt zu Boden fallen.

Langsam streiche ich über seinen Körper, von oben nach unten, ganz zart, ganz sanft, fast wie ein Hauch, bis er überall Gänsehaut bekommt. An manchen Stellen verweilen meine Hände länger, so lange, bis er es nicht mehr aushält und mich zum Bett zieht. Ich lege mich hin und er dringt in mich ein.

Und zum ersten Mal, seitdem wir uns kennen, da haben wir keinen Sex. Nein, ich würde eher sagen, wir machen Liebe. Denn als ich sein Gewicht auf mir spüre und Arme und Beine um ihn schlinge, da fühlt es sich an, als würde er voll und ganz, mit Haut und Haaren, zu mir gehören. Wir küssen uns, tief und innig, verschmelzen und schmelzen.

Er richtet sich auf, um mich anzusehen, dann beginnt er sich zu bewegen, ganz langsam zuerst, und ich komme ihm gierig entgegen. Doch er lässt mich zappeln, bleibt seinem gewählten Rhythmus treu. Ich will nach ihm greifen, das Tempo erhöhen, da drückt er lächelnd meine Hände aufs Bett und mir bleibt nichts weiter zu tun als mich willenlos seiner Führung zu ergeben. Was für eine süße Qual. Und dann kann auch er sich nicht mehr zähmen. Schneller! Schneller! Höher! Weiter! Immer weiter! Jaaaa!

Ich fühle mich eins mit ihm und mit der Welt, und frei und stark, voll Glück. Es gibt noch eine andere Sache, so herrlich wie der Rausch der Geschwindigkeit und genauso grenzenlos!

Die nächsten Tage und Nächte verbringen wir im Bett. Oder auf dem Schreibtisch. Aber primär im Bett. Sogar der Beginn des neuen Jahres zieht unbemerkt an uns vorbei. Es tut so gut, ihm endlich nah zu sein, ihm zuzuhören, und sei es auch nur seinem Atem, während er schläft. Es tut so gut, ihn zu spüren, zu riechen und zu schmecken.

Meine Haut, die sich seit Monaten nach seinen Berührungen gesehnt hat, saugt sich an ihm voll und wird satt und zufrieden. Meine Augen, die ich so oft von ihm fernhalten musste, dürfen nun jedes Detail an seinem Körper erkunden und studieren ihn stundenlang. Meine Finger erforschen jeden Zentimeter an ihm und sind doch tagelang nur mit seinen verwoben. Und mein Herz? Das Herz, das schon so lange Zeit immer das Schwerste an mir ist? Das wird leicht und weit und hell – und das jeden Tag mehr.

ACHTUNDSECHZIG

Heute soll das Begräbnis stattfinden. Liz hat seit einer Woche ihr Zimmer nicht verlassen.

„Zumindest isst sie wieder etwas", sagt Rosa, als sie einen leeren Teller nach unten bringt.

„Weiß jemand, wann sie wieder in die Klinik muss?", frage ich.

Keiner weiß es.

„Jedenfalls muss sie sich jetzt fertig machen", beschließt Mats streng und geht mit Rosa hinauf. Vorhänge werden geräuschvoll zur Seite gezogen und ich höre Badewasser einlaufen. Arthur und ich sehen einander zweifelnd an.

Doch als Liz hört, dass das Begräbnis heute stattfindet, reißt sie sich zusammen und wäscht sich sogar die Haare. Als sie in einem schwarzen Kostüm nach unten kommt, sehe ich, dass sie merklich schmaler geworden ist, doch vom vielen Schlafen ist ihre Haut glatt und rosig geworden.

Betreten steigen wir alle fünf in den Jeep und fahren zur Kirche. Wieder ist das ganze Dorf versammelt und Mats sagt, dass auch viele Patienten von weit her gekommen seien, um Friedrich die letzte Ehre zu erweisen. In der Kirche brennen unzählige Kerzen. Es riecht feierlich nach

Wachs und Weihrauch und Tannenzweigen. Barbara singt ein berührendes Lied.

Danach spricht Mats mit rauer Stimme ein paar Worte: „Ich stehe heute hier und habe keinen Vater mehr." Er wischt sich eine Träne ab. „Ihr alle kanntet ihn, sein großes Herz und seine Hilfsbereitschaft. Jeder konnte die Lebensfreude in ihm spüren, jeden Tag. Wie ungerecht, dass er so früh gehen musste, obwohl er das Leben so sehr liebte. Mein Vater war nie besonders religiös, war viel mehr im diesseitigen Leben verwurzelt, als an das Jenseits zu denken. Doch womöglich ist es wahr, was der Herr Pfarrer sagt, vielleicht liebte Gott ihn so sehr, dass er ihn zu sich nahm, vielleicht liebte er ihn ganz besonders für seine Güte und seine Lebenslust. Diese Vorstellung tröstet mich. Mein Vater hat fast sein ganzes Leben selbstlos anderen gewidmet, seiner Familie, seinen Patienten, er war stets für alle da und doch hat er sich nie selbst verloren. Er kannte seinen Weg und seinen Wert und wusste, dass es sich immer lohnen würde, zu geben und zu lieben. Und wenn ich auch nun keinen Vater mehr habe, so habe ich doch noch ein Vorbild, ein Ideal, nach dem ich streben kann. Ein aufrechtes, arbeitsreiches, selbstloses Leben zu führen und jeden Tag aufs Neue für die Liebe zu leben und das Leben zu lieben."

Um uns herum wird geschluchzt und geschnäuzt. Liz hält sich tapfer aufrecht. Rosa versteckt ihr Gesicht an Arthurs Mantel. Die Orgel setzt ein und schmettert los in d-Moll, dass es einem das Herz zerreißt. Kurzum, es ist genau so, wie ich es in Erinnerung habe.

Als sie den Sarg in die Erde lassen und Mats und ich Hand in Hand Blumen und Erde hineinwerfen, halte ich es nicht mehr aus, will nur noch weg von diesem Ort, will alleine sein mit mir. Ich gehöre ohnehin nicht zur Familie und so lasse ich Mats neben seiner Mutter und Schwester stehen, während die Trauergäste ihnen einer nach dem anderen ihr Beileid aussprechen, und verlasse hastigen Schrittes den Friedhof.

Nach ein paar Metern vibriert mein Handy. Es ist mein Vater. Ich erzähle ihm die traurigen Neuigkeiten.

Er fragt: „Wann kommst du heim?"

„Ich bleibe noch ein wenig, Liz braucht mich, es geht ihr nicht besonders."

„Verständlich. Übrigens, ich habe eine Stelle für dich. Der Lehrgang ist doch berufsbegleitend, nicht?"

„Ja, zumindest das eine Jahr. Das Bachelorsemester ist dann Vollzeit."

„Das passt doch bestens! Eine Krankenschwester in unserer Abteilung geht ab Februar für ein Jahr in Karenz. Ich habe dich schon vorgeschlagen. Überleg es dir und gib mir bis Ende der Woche Bescheid."

„Ja, danke, Papa!"

Er legt auf. Ich gehe weiter. Der Leichenschmaus findet im Gasthaus von Simons Familie statt, denn es liegt dem Friedhof am nächsten. Mir wird langsam kalt, also steuere ich direkt das Haus an. Kurz vor dem Eingang überlege ich es mir anders und wende mich nach links zum Pferdestall. Bruno steht in seiner Box und strahlt eine tröstliche Wärme aus. Als ich hereinkomme, dreht er sich um und streckt mir die Nüstern entgegen.

„Ich habe leider nichts für dich", sage ich mitleidig und streichle sein samtiges Maul. Er genießt mein Kraulen, wendet sich aber bald wieder seinem Heu zu.

Nun bin ich bereit, ins Lokal zu gehen. Ich wasche mir zuerst auf der Toilette die Hände, denn sie sind ganz staubig von dem Fell des Pferdes. Dann betrete ich den leeren

Gastraum. Hier wurde feierlich gedeckt mit weißen Tischtüchern, der Tischschmuck ist immer noch weihnachtlich. Simon steht hinter dem Tresen und trocknet Gläser ab.

Er lächelt und nickt mir zu. „Was darf's denn sein?"

Ich wähle einen Süßmost mit Wasser aufgespritzt. Er schenkt ein und bringt mir das Glas. Ich ziehe meinen Mantel aus und setze mich an einen der Tische. Simon fährt mit dem Abtrocknen der Gläser fort, beobachtet mich aber aus der Ferne.

Er fragt: „Wann musst du denn nach Wien zurück?"

Ich erwidere: „Bald."

„Schade! Na, vielleicht können wir vor deiner Abreise noch mal was trinken gehen?"

Eher nicht, denke ich und lächle höflich.

Mats kommt herein, hinter ihm Liz, Rosa und Arthur sowie weitere Gäste des Leichenschmauses. Er sieht zu Simon hinüber, dann zu mir und setzt eine verstimmte Miene auf. Ich schmunzle ein wenig in mich hinein. Ist süß, wenn er eifersüchtig ist.

Er setzt sich neben mich und nimmt demonstrativ meine Hand. „Alles okay mit dir?", will er wissen.

„Ja, ich kann nur Begräbnisse nicht ausstehen", erwidere ich. „Und wie geht's dir?"

„Ich bin auch froh, wenn das endlich vorüber ist", seufzt er. Ich drücke seinen Oberschenkel unter dem Tisch.

Wir essen und lauschen höflich den Geschichten der großteils betagten Gäste um uns herum. Mats erhält unzählige medizinische Fragen, die er geduldig beantwortet. Aber ich sehe, dass er Dessert und Kaffee nur noch hinunterschlingt und endlich fort von hier möchte.

Liz und Rosa sind umringt von Verwandten, die nicht so aussehen, als ob sie in Kürze aufbrechen wollten. Liz schickt einen verzweifelten Blick in unsere Richtung.

Mats geht zu ihr und raunt ihr zu, laut genug, dass es alle im Umkreis hören können: „Mama, du solltest jetzt wirklich nach Hause fahren und deine Grippe auskurieren, bevor du noch jemanden ansteckst."

Liz nickt ergeben und hustet zweimal zur Bestätigung. Die Verwandtschaft stiebt auseinander. Liz steht auf und wir verabschieden uns.

Zu Hause verbringen wir einen ruhigen Abend. Jeder von uns ist erschöpft von den vielen Tränen und dem Small Talk und hängt seinen Gedanken nach. Dann beginnen Rosa und Arthur mit dem Packen, denn morgen früh geht ihr Flieger zurück nach England. Mats und ich landen wieder im Bett. Als wir atemlos nebeneinanderliegen, rollt er sich auf den Bauch und sieht mich an.

Er sagt: „Leni, ich liebe dich! Von Anfang an schon, ich weiß nicht, wieso, aber so ist es. Ich bin furchtbar traurig wegen Papa und gleichzeitig machst du mich dermaßen glücklich, dass ich schreien könnte. Ich habe das noch nie empfunden. Die letzten Monate waren unfassbar hart, du warst hier, ganz nah, aber ich wusste nicht, wie ich zu dir durchdringen konnte. Lass uns das nie wieder tun! Ja? Lass uns nie wieder derartig distanziert sein, sondern immer über alles reden. Versprochen? Versprich es mir!"

Das ist nun schon der Dritte in dieser Familie, dem ich etwas verspreche. Zuerst Liz, dann Friedrich und nun Mats. Und jeder von ihnen verlangt von mir, über meinen gemütlich ausgestreckten Schatten zu springen. Was ist das nur in dieser Familie? Warum glauben sie so sehr an mich? Viel mehr als ich selbst.

Erst jetzt erreicht mich der Inhalt seines ersten Satzes in voller Größe. Er liebt mich? Mein Herz hüpft und tanzt, mir wird schwindelig und ein Kloß setzt sich mir mitten in den Hals.

„Ich verspreche es", sage ich mit feierlich belegter Stimme und meine in Wahrheit: Ich liebe dich auch! Und er küsst mich leidenschaftlich und nimmt meine Hand und lässt sie die ganze Nacht nicht mehr los.

NEUNUNDSECHZIG

Früh am nächsten Morgen verabschieden wir uns von Rosa und Arthur. Liz umarmt ihre Tochter minutenlang. Dieses Mal fällt ihr der Abschied besonders schwer.

Mats fährt die beiden zum Flughafen und dann gleich weiter zu Hausbesuchen. Liz und ich beginnen damit, den Christbaum abzuschmücken, der schon längst die trockenen Nadeln von sich wirft. Sie steht oben auf der Leiter und reicht mir die Kugeln herunter, die ich dann in die vorgesehenen Schächtelchen schlichte.

Eine Weile arbeiten wir stumm, dann frage ich: „Musst du bald wieder ins Krankenhaus?"

Sie streckt sich hinauf zur Christbaumspitze und antwortet unter Anstrengung: „Ich habe noch den Rest der Woche Urlaub. Danach kündige ich."

„Wieso das denn?", rufe ich überrascht aus. „Ich dachte, du liebst deinen Job."

„Das tue ich auch! Aber jetzt, ohne Fritz, ist alles anders. Mein Leben, wie ich es kannte, ist vorbei. Ich will nicht einfach so weitermachen wie bisher. Ich habe noch Energie und Kraft! Ich will was Neues anfangen, will kreativ sein und etwas bewirken in der Welt! Ich weiß nur noch nicht, was. Klingt das verrückt?"

Ich antworte mit einem Zitat, das ich vor ein paar Wochen mit Friedrich in einem ihrer Bücher las: „Also entweder du verlierst den Verstand, oder du eroberst gerade deine Seele."

Dankbar lächelt sie mich an. Dann arbeiten wir weiter. Als der Christbaum leer ist und wir alles auf dem Dachboden verstaut haben, sagt Liz aufgeräumt: „Weißt du was? Ich werde jetzt einen langen Spaziergang machen und danach ein heißes Bad nehmen. Falls Mats kommt, kannst du ihn bitten, den Baum nach draußen zu tragen?"

„Klar, mach ich! Viel Vergnügen!"

Da ich sonst nichts zu tun habe, bereite ich ein aufwendiges Mittagessen für Mats und mich vor, warte zeitunglesend auf ihn und komme mir schmunzelnd vor wie eine junge Ehefrau aus den fünfziger Jahren. Nur ein hübsches Schürzchen kann ich nicht vorweisen.

Es ist schon über Mittag, das Essen wird langsam kalt und meine Stimmung ebenso, als ich endlich einen Wagen kommen höre. Schwungvoll öffne ich die Haustür, doch unten am Fuße der Treppe steht nicht Mats, sondern Moira, Horsts Frau. In den Händen hält sie einen riesigen Geschenkkorb mit kulinarischen Köstlichkeiten.

Ihr Deutsch ist in den letzten Wochen noch besser geworden und sie fragt: „Hallo, Leni! Ist Liz zu Hause?"

„Hallo, Moira! Nein, sie macht gerade einen Spaziergang. Möchtest du drinnen auf sie warten?"

„O wie schade! Ich wollte ihr condolences geben, ihr kondolieren, richtig? Aber ich muss gleich wieder los!"

Sie überreicht mir den Korb und drückt mir auch noch einen Stapel Prospekte in die Hand. „Was meinst du, kann Mats diese Folder in seiner Ordination auflegen? Es geht um mein neues Charityprojekt."

„Ja, ich denke, er hat bestimmt nichts dagegen. Ich frage ihn dann gleich!"

„Danke, Leni! Und meine besten Wünsche an Liz und die Familie! Bye-bye!"

„Bye, Moira!"

Sie braust davon. Ich trage den Korb ins Haus und stelle ihn auf der Anrichte ab. Die Folder lege ich daneben.

Dann endlich trifft Mats ein, mit einem Bärenhunger. Er lässt mich das Essen gar nicht mehr aufwärmen, sondern schlingt es gleich kalt hinunter. Gemeinsam schleppen wir den Christbaum nach draußen und Mats hackt die Äste ab und schlägt den Stamm in handlichere Teile, sodass er zum Verheizen taugt.

Dann sagt er: „Komm, ich zeige dir was!" Galant öffnet er die Beifahrertür des Jeeps.

Ich steige ein und wir fahren hinauf zu seiner Baustelle. Seit dem Tag, als er mir die Pläne zeigte, war ich nicht mehr dort. An dem Platz, an dem früher die Ziegenhütte stand, erhebt sich nun ein fensterloser Rohbau.

Zwei Elektriker sind gerade dabei, drinnen Leitungen zu verlegen, und Mats begrüßt sie mit Handschlag. Sie plaudern ein paar Worte miteinander, dann holt Mats zwei Bierflaschen aus seinem Kofferraum und die Männer gehen nach draußen, um in der blassen Wintersonne eine Pause zu machen.

Mats führt mich durch das Haus. „Schau, diese Tür führt von der Garage in den Vorraum, die Garderobe wird hier sein, da ist das WC und dort der Abgang zum Keller. Komm weiter! Das wird die Wohnküche, der Esstisch kann hier vor der Terrassentür stehen und dorthin stellen wir die Couch, an diese Wand soll der Fernseher montiert werden."

Wir gehen hinauf in den ersten Stock.

„Da ist das Bad, schön geräumig, oder? Dieses Zimmer wird das Schlafzimmer, ist der Blick nicht einmalig? Einerseits in den Himmel, andererseits hinunter ins Tal! Hier drüben ist Platz für dein Bücherregal und du musst mir noch sagen, ob du in diesem Zimmer lieber einen begehbaren Kleiderschrank oder einen Yogaraum möchtest."

Er dreht sich zu mir um und stockt, als er meinen Gesichtsausdruck bemerkt. „Was ist los? Gefällt es dir nicht?", fragt er irritiert.

Okay, jetzt muss es raus. „Ich gehe in zwei Wochen nach Wien zurück."

„Wie bitte?"

„Ich gehe nach Wien zurück. Meine Arbeit hier ist doch beendet. Ich muss schließlich Geld verdienen und beginne eine Weiterbildung in der Pflege, einen Unilehrgang. Mache den Bachelor, und dann vielleicht den Master. Damit könnte ich ..."

„Ist das dein Ernst? Du hast gesagt, du bleibst bei mir, auch wenn dich mein Vater jetzt nicht mehr braucht!"

Das meinte er also mit *trotzdem*.

„Und wie hast du dir das vorgestellt? Dass ich hier wie ein Hausmütterchen auf dich warte?"

Er stammelt: „Nein, natürlich nicht, du könntest mir ja in der Praxis helfen zum Beispiel."

„Mats, ich will mich weiterentwickeln, was bewirken, und nicht deine Sprechstundenhilfe sein!", rufe ich und denke, dass ich mich fast so anhöre wie Liz.

Er ist verletzt, das ist nur zu offensichtlich.

Ruhiger sage ich: „Wir können uns ja trotzdem sehen. Jedes zweite Wochenende komme ich hierher, oder du fährst zu mir nach Wien!"

Verächtlich schnaubt er durch die Nase. „Jedes zweite Wochenende! Bin ich ein Scheidungskind?"

Er dreht sich um und stapft die Treppe ins Erdgeschoss hinunter. Ich folge ihm etwas unbehaglich. Die Arbeiter kommen herein und nehmen ihre Tätigkeiten wieder auf.

Wortlos steigen wir ins Auto und fahren zum Gutshaus zurück. Wir ziehen die vom Estrich staubigen Schuhe aus und hängen unsere Mäntel auf.

Mats geht die Treppe hinauf, und als ich ihm folgen will, knurrt er über die Schulter: „Ich will eine Weile alleine sein."

Ich warte, bis er in seinem Zimmer verschwunden ist, drehe mich um und gehe in die Küche, um mir einen Tee zu kochen. Während das Wasser heiß wird, betrachte ich den Geschenkkorb und lese Moiras Folder durch. Dann hänge ich einen Kräuterteebeutel in die Tasse und trage sie hinauf in mein Zimmer.

SIEBZIG

Der Abend und die Nacht ohne Mats fühlen sich an wie im Exil auf einer einsamen Insel. Meine Haut hat Hunger. Mein Magen keinen Appetit. Lange liege ich wach und überlege, ob ich zu ihm hinübergehen soll. Doch ich entscheide mich dagegen. Er hat gesagt, dass er allein sein wolle. Er kommt ganz sicher zu mir, wenn er mich wieder um sich haben möchte. Anscheinend will er es noch nicht. Das muss ich eben akzeptieren. Draußen beginnt es zu regnen, der ganze schöne Schnee schmilzt einfach weg. Irgendwann schlafe ich ein und habe wirre Träume.

Als ich am nächsten Morgen ziemlich gerädert in die Küche komme, ist Mats schon in der Praxis. Liz hat mir bereits Müsli gemacht und ist dabei, den Geschenkkorb von Moira auszupacken und durchzusehen.

„Hast du schon mal Champagnersenf probiert?" Sie lacht. „Aber die Kürbiskernschokolade mit Marzipan ist wirklich lecker ... Was ist denn mit Mats? Er wirkte so grimmig heute früh."

„Wir haben gestritten. Ich habe ihm gesagt, dass ich in zwei Wochen eine Weiterbildung anfange, um den Bachelor in der Pflege zu machen."

„Was gibt's da zu streiten? Das klingt doch toll, Leni!"

„Na ja, er dachte, ich bleibe hier. Aber ich muss doch auch arbeiten. Mein Vater hat mir einen Job auf seiner Abteilung angeboten."

„Verstehe. Und was willst du?"

Ich zucke mit den Schultern. „Beides?" Ich esse schweigend weiter, dann fällt mein Blick auf die Folder.

„Hast du Moiras Einladung gesehen?", frage ich Liz. „Wirst du hingehen?"

Liz meint: „Warum eigentlich nicht? Ich finde, es ist eine gute Sache. Begleitest du mich?"

Ich schaue auf das Datum der Veranstaltung. Sie ist schon morgen.

„Ja, ich komme mit, ist irgendwie meine Schuld, dass sie nicht bei Mats in der Praxis ausliegen und daher keiner sie sieht."

Den Rest des Tages verbringe ich damit, einen altmodischen, doch jahrhundertelang erprobten Plan zu verfolgen, wie ich Mats wieder versöhnen kann. Zunächst einmal mache ich ausgiebig Yoga für eine ausgeglichene Stimmung und wage mich zur inneren Reinigung sogar ein zweites Mal an die Meditation. Ich denke, es kann nur zu seinem Vorteil sein, wenn alle Tränen geweint und alle störenden Gedanken verflogen sind.

Alles verläuft wie gehabt, die Totenstellung, die umherschwirrenden Gedanken, die fliegenden Blätter und dann ... nichts ... NICHTS. Stille, Leere, Schwärze, Nichts. Keine Tränen, keine Erkenntnis, nur ich. Ich richte mich auf und bleibe für wer weiß wie lange auf dem Boden sitzen, um mich von dem Nichts zu erholen. Dann fahre ich fort mit dem eigentlichen Plan.

Ich dusche und rasiere alle relevanten Stellen, Nagellack, Parfum, schöne Dessous unter engen Jeans und Bluse. Jede Frauenrechtskämpferin der ersten Stunde würde sich im Grabe umdrehen, doch meine Freundin Lisa wäre sicher stolz auf mich.

Und ich bin der Meinung, dass, so wie wir Frauen heutzutage sowohl Rock als auch Hose tragen dürfen, wir ebenso das Recht haben, die Waffen zu wählen, um die Männer mit ihren eigenen oder eben den Waffen einer Frau zu schlagen.

Dann bereite ich in der Küche eine Kleinigkeit zu essen vor, dazu zwei Gläser Wein und eine Kerze. Ich lösche das Licht und lege mich vor dem Fenster auf die Lauer, um zu sehen, wann Mats die Praxis zusperrt. Drüben gehen schon die Lichter aus, er kommt heraus und schließt ab. Er wirft einen Blick herüber, sieht aber nur das dunkle Küchenfenster, setzt sich in den Golf und fährt davon. Ich schätze, seine Strategie in dieser Schlacht nennt sich passiver Widerstand. Ich esse dann die Kleinigkeit alleine auf und leere beide Gläser.

EINUNDSIEBZIG

Die zweite Nacht ohne Mats tut weniger weh, dafür werde ich von Stunde zu Stunde wütender. Vor gerade mal zwei Tagen sagte er mir, dass er mich liebt, und faselte davon, stets alles auszusprechen, und bei der kleinsten Unstimmigkeit zieht er sich beleidigt zurück. Ich käme besser damit klar, angeschrien statt angeschwiegen zu werden, denn so wird auch mir die Chance genommen, meinem Ärger Luft zu machen. Den behalte ich also bei mir, so lange, bis er größer und gewichtiger wird.

Grollend stelle ich am nächsten Morgen fest, dass Mats bereits wieder aus dem Haus ist, als ich nach unten komme. Ich wäre nahe daran, in seine Praxis zu stürmen und ihm seine Heuchelei vorzuhalten, wenn ich nicht ständig Patienten ein und aus gehen sehen würde.

Nach dem Frühstück stiefle ich zurück in mein Zimmer und versuche, beim Lesen etwas zur Ruhe zu kommen. Doch der historische Roman ist voll von romantischen Situationen und erotischen Szenen, die nicht dazu beitragen, mich zu entspannen. Im Gegenteil, ich zürne Mats, weil er so leichtfertig unsere gemeinsamen Tage und Nächte verschwendet.

Am Abend ziehe ich ein schwarzes Cocktailkleid an und treffe Liz im Flur. Sie trägt ein dunkelgrünes Kostüm und sieht sehr businessladylike aus. Als wir zu Liz' Auto gehen, sperrt Mats gerade die Praxis zu. Er sieht uns überrascht an.

Liz winkt und flötet: „Bis später!"

Wir steigen ein und Liz startet den Motor. Ich schaue Mats ins Gesicht, als wir an ihm vorbeifahren. Er leidet. Ich kann es jetzt sehen. Er wartet. Hoffentlich bis ich zurück bin.

In Graz angekommen, erkenne ich gleich, dass Moira natürlich nicht nur in Mats' Praxis Werbung gemacht hat. Die stimmungsvollen Räumlichkeiten der Alten Universität sind schon gut besucht und es trudeln laufend mehr Gäste ein. Ich war nicht oft auf Veranstaltungen wie dieser. Ein paar Mal nahm mich mein Vater mit, wenn er eine Ehrung erhielt oder einen Vortrag halten musste. Doch ich fühlte mich im Gespräch mit seinen Kollegen oder einflussreichen Persönlichkeiten immer sehr beobachtet und war verunsichert, ob ich einen guten Eindruck hinterließ. Hier in Graz kenne ich niemanden, und für meinen Eindruck interessiert sich wohl auch keiner.

Schnell beginne ich, den Abend zu genießen. Das Essen, der Wein, die Vorträge und musikalischen Darbietungen. Liz trifft ein paar Bekannte, unter ihnen auch ihr Vorgesetzter, der Leiter der Palliativstation, Dr. Schmied. Sie stellt mich als junge Kollegin vor und erzählt von unseren gemeinsamen Wochen mit Friedrich. Manchmal bricht ihre Stimme weg, doch sie fängt sich schnell wieder. Dr. Schmied ist ein freundlicher, empathischer Mann mit weißem wirrem Haar. Er legt Liz tröstend eine Hand auf die Schulter und blickt sie aufmerksam durch seine Brillengläser an.

Als sie sich alles von der Seele geredet hat, fragt er:

„Und was wolltest du mir noch Wichtiges mitteilen?"

Nun wird sie ihm wohl beichten, dass sie ihre Stelle kündigt. Da will ich nicht dabei sein. Ich sehe mich nach Rettung um und entdecke Moira und Horst, die an der Bar stehen.

Also geselle ich mich zu ihnen und beglückwünsche Moira zu dem gelungenen Abend. Sie ist ganz aufgedreht, umarmt mich stürmisch und bedauert, dass wir Mats nicht mitgebracht haben.

Ach, Mats. Meine Stimmung sinkt ein Stockwerk tiefer. Liz kommt dazu und beginnt ein ernstes Gespräch mit Horst. Moira läuft weg, um weiter zu netzwerken. Der Barkeeper zwinkert mir zu. Obwohl ich schon nicht mehr nüchtern bin, bestelle ich noch einen Drink.

Als er ihn mir hinstellt, streichelt er meinen Arm und raunt: „Ich mache um ein Uhr hier Schluss. Du kannst ja auf mich warten."

Ich drehe ihm schnell den Rücken zu, hoffentlich hat Liz das nicht gehört. Doch sie spricht immer noch mit Horst. Sie wird doch nicht? Hatte Friedrich am Ende doch recht mit seiner Eifersucht? Mit einer Sache hatte er jedenfalls recht: Unangenehme Männer gibt es in jeder Branche, und unter Ärzten sind auch ganz angenehme Exemplare dabei.

Einer davon, Dr. Schmied, steht gar nicht weit weg von mir und genießt die schwungvolle Musik der Liveband. Ich stelle mich mit meinem Drink neben ihn und wir prosten einander zu.

Er legt interessiert den Kopf schräg und sagt: „So, Sie waren in Wien also Säuglingsschwester? Wie war das für Sie, nun einen Sterbenden zu begleiten? Hat es Sie erschreckt?"

Ich denke kurz nach, denn durch den Alkohol ist mein

Gehirn etwas langsamer geworden.

„Nein. Nein, im Gegenteil. Ich empfand diese Arbeit als sehr bereichernd. Friedrich hat mir in dieser Zeit so viel gegeben und vieles beigebracht. Und ich hatte das Gefühl, ihm mehr geben zu können als den Babys im Krankenhaus."

„Sie könnten sich also vorstellen, wieder palliativ tätig zu werden?"

„Ja, absolut."

„Und Sie machen nun eine Weiterbildung, wie ich von Liz hörte?"

„Ja, es ist ein akademischer Lehrgang, der mich dann zu Bachelor und Master berechtigt. Ich bin schon so gespannt und freue mich vor allem darauf, über unterschiedliche Pflegetheorien und Pflegeprozesse, aber auch über die organisatorischen Abläufe einer Klinik etwas zu lernen."

Er bemerkt meine jugendliche Begeisterung und lacht zustimmend.

Die Band beendet ihren Auftritt. Alles jubelt und klatscht. Ich stelle mein leeres Glas auf dem Tisch hinter mir ab und sehe mich dringlich nach einer Toilette um.

„Bitte entschuldigen Sie mich kurz!", sage ich zu Dr. Schmied und laufe los, um mich zu erleichtern.

Beim Händewaschen betrachte ich mein Gesicht im Spiegel. Meine Wangen sind freudig gerötet. Der Ausdruck meiner dunkelbraunen Augen ist klar und glänzend. Ich glühe und leuchte von innen heraus. So gefalle ich mir ausgesprochen gut. Ich lächle mir zu. Noch nie war ich mir einer Sache so sicher wie dieser. Noch nie hat sich eine Entscheidung für mich so richtig angefühlt. Ich mache das! Mats wird schon irgendwie damit klarkommen.

Ich will jetzt nach Hause. Ich will zu Mats. Ich will ihm

sagen, dass ich ihn liebe, dass wir das hinbekommen, auch wenn es schwer wird.

Also gehe ich los und suche Liz. Sie verabschiedet sich gerade von Dr. Schmied.

Er reicht auch mir die Hand und sagt: „Es hat mich sehr gefreut, Ihre Bekanntschaft zu machen. Sie sind eine bewundernswerte junge Frau." Verlegen schüttle ich seine Hand.

Als wir zum Auto gehen, sage ich zu Liz: „Dr. Schmied ist sehr nett. Er ist bestimmt ein toller Chef!"

„Der beste", erwidert sie ganz in Gedanken.

ZWEIUNDSIEBZIG

Wir fahren eine Weile schweigend durch die Nacht. Mein Kopf lichtet sich etwas, aber nur langsam. Nun fällt mir der einleitende Vortrag des Events wieder ein.

„Also mir war überhaupt nicht bewusst, wie schlecht die Versorgung mit palliativen Einrichtungen hier ist, vor allem auf dem Land, wo doch gerade da die Bevölkerung immer älter wird, weil die Jungen in die Städte abwandern. Aber dass es in der Steiermark nur drei stationäre Hospize gibt? Das schockiert mich, ehrlich gesagt. Vielleicht solltest du aus dem Gutshaus ein Hospiz machen", sinniere ich und beiße mir sofort auf die Lippe.

Ich hätte das nicht sagen dürfen. Liz hat gerade ihren Mann verloren und ihren Job gekündigt. Ihr Leben ist eine riesengroße Baustelle. Sie will ganz sicher nicht die irrsinnigen Ideen einer Beschwipsten hören.

Doch sie verzieht keine Miene, schaut konzentriert auf die Straße und sagt: „Und genau das machen wir auch. Horst investiert in den Umbau und generiert damit für seine Firma ein unbezahlbares soziales Image. Den Rest übernimmt das Land Steiermark. Das wird anfangs nicht leicht sein und viel Arbeit bedeuten. Aber wir schaffen das!"

„W-Was heißt wir?", frage ich vollkommen verblüfft.

„Na, du wirst mit mir die Leitung übernehmen, wenn du deinen Master in der Tasche hast. Also nur, wenn du das willst."

Ich bin sprachlos, also fährt sie fort: „Und ich habe da noch eine Idee ..." Dann weiht sie mich ein und am Ende bin ich restlos begeistert.

Am Gutshaus angekommen sehe ich, dass in Mats' Zimmer kein Licht mehr brennt. Vermutlich schläft er schon. Im dunklen Flur ziehe ich mein Kleid aus und schlüpfe durch die Tür und in sein Bett. Doch es ist leer. Wo ist er? Ist er ausgegangen? Mit einer anderen Frau? Wollte er nicht mehr warten? War er so enttäuscht von mir, dass er sich nun eine andere gesucht hat? Womöglich die junge Patientin, mit der er beim Krampuslauf war? Wahrscheinlich liegt er gerade mit ihr im Bett und sie streichelt über seinen heißen Körper, küsst seine Lippen und krault sein Haar.

Bei dem Gedanken kommen mir die Tränen. Ich habe es vergeigt. Wir haben es vergeigt. Warum nur schaffen wir es nicht, miteinander glücklich zu werden? Vielleicht passen wir einfach nicht zusammen, gehören nicht zusammen, denn sonst wäre das doch alles nicht so schwer. Er ist stur und ich bin unsicher. Das wird sich niemals ändern. Ich sollte es lassen, jetzt aufgeben, solange es noch geht.

Schluchzend hebe ich mein Kleid auf und gehe in mein eigenes Zimmer. Mit tränenverschwommenen Augen klettere ich ins Bett, und da liegt Mats. Er öffnet verschlafen die Augen und zieht mich an sich heran.

Seine Stimme ist kratzig. „Ich hab dich vermisst."

Ich küsse seine weichen Lippen, fahre durch sein Haar und flüstere: „Und ich dich noch mehr."

Wer sagt's denn?! Diesmal hat es nur zwei Tage

gedauert, uns wieder zu vertragen, und nicht einige
Monate. Vielleicht kann ja doch noch etwas aus uns werden.

DREIUNDSIEBZIG

Am nächsten Morgen bin ich diejenige, die als Erste aufsteht. Leise ziehe ich mich an und hinterlasse Mats eine kurze Nachricht, dass ich bald wieder zurück bin. Dann laufe ich durch die klirrend kalte Luft zu dem Taxi, das vor dem Haus auf mich wartet.

Der Wagen hält vor dem Krankenhaus und ich bezahle und steige aus. Im dritten Stock werde ich schon erwartet und herumgeführt. Die Palliativstation ist bunt, gemütlich und ruhig. Pflegepersonen und Ärzte verbreiten keine Hektik, wie auf anderen Stationen, sondern nehmen sich Zeit, hören zu, haben ein Lächeln auf den Lippen. Wie ungewöhnlich für ein Krankenhaus!

Der freundliche Dr. Schmied sagt: „Also, wenn es Ihnen hier bei uns gefällt, können Sie nächste Woche beginnen. Liz hat Sie als ihre Nachfolgerin wärmstens empfohlen, und ich vertraue ihrem Urteil. Wir begrüßen es, wenn unsere Mitarbeiter sich weiterbilden, und werden Ihnen in puncto Dienstplan keine Steine in den Weg legen. Was sagen Sie? Auf gute Zusammenarbeit?"

Er streckt mir die Rechte hin. Ohne zu zögern, ergreife ich sie glücklich.

Auf der Heimfahrt rufe ich meinen Vater an. „Hallo Papa!"

„Na, mein Spatz, wie geht's dir?"

„Ganz gut, und dir?"

„Bestens, wie immer."

„Du, Papa, ich muss die von dir angebotene Stelle doch ablehnen ... Tut mir leid."

„Was? Wieso denn?"

„Ich ... Also, ich möchte hierbleiben ... Ich werde in Graz arbeiten."

„Ja, aber Leni, dein Patient ist doch gestorben. Warum kommst du nicht nach Hause zurück?"

„Nun ... Es ist wegen Mats, also Matthias."

„Der junge Reiterer?"

„Ja."

„Aber Leni, wegen ihm kannst du doch nicht auf deine Ausbildung verzichten und deine Zukunft wegwerfen!"

„Das tue ich nicht, ich gehe trotzdem auf die Fachhochschule. Und ich besuche dich ganz oft! Jedes Mal wenn ich in Wien bin! Versprochen!"

Er schweigt, dann sagt er: „Na wenn du meinst, dass das das Richtige für dich ist ..."

„Ja, das denke ich."

„Dann mach, was du glaubst."

„Ja. Wir sehen uns im Februar."

„Schön."

„Also dann, tschüss, Papa."

„Bis dann."

Er ist enttäuscht, das kann ich hören. Ich weiß, er hat sich gewünscht, mehr Zeit mit mir zu verbringen, mir wieder näher zu sein. Stattdessen verlagere ich meinen Lebensmittelpunkt nach Graz, und nun sind wir einander so fern wie nie zuvor.

Als ich in die Küche komme, sitzen Mats und Liz noch beim Frühstück und lesen die Zeitung. Es riecht heimelig nach Kaffee und Buttertoast. Ich gebe Mats einen Gutenmorgenkuss und sehe ihm an der Nasenspitze an, dass er wahnsinnig neugierig ist, wo ich war. Doch ich lasse ihn noch ein wenig zappeln und mache mir einen Kaffee mit aufgeschäumter Milch. Er fixiert mich mit seinen Blicken, zappelt aber herum wie ein aufgeregtes Kind.

Liz fragt grinsend: „Wie war's beim Arzt, Leni?"

Mats springt auf. „Was ist los? Geht's dir gut? Oder, oder bist du schwanger? Warum sagst du mir nichts? Das wäre doch schön, also wir schaffen das schon. Ich bin zu allem bereit. Ist doch gut, dass ich nicht mehr im Spital arbeite, so kann ich mich ganz viel um unser Kind kümmern."

Ich muss lachen. „Nein, nein! Alles gut, alles bestens. Ich bin nicht schwanger." Und dann ernster: „Ähm ... Aber, Mats, ich muss dir leider sagen, dass wir uns nun doch nicht jedes zweite Wochenende sehen können."

Sofort bekommt er einen sauren Gesichtsausdruck. „Was? Wieso?"

„Weil wir uns NUR jedes zweite Wochenende nicht sehen können, da fahre ich nämlich nach Wien zu meiner Weiterbildung."

Man hört es förmlich rattern in seinem Kopf.

Liz macht sich lustig: „Einundzwanzig, zweiundzwanzig, ..."

„Das heißt, du bleibst die restliche Zeit hier? Bei mir?", ruft er fröhlich.

„Ja, ich übernehme Liz' Stelle im Krankenhaus. Habe soeben unterschrieben. Zumindest mal für ein Jahr. Dann musst du es ein Semester ohne mich aushalten, denn das Bachelorstudium ist in Vollzeit in Wien. Da bleiben uns nur die Wochenenden, aber das sind ja nur fünf Monate. Falls ich noch den Master anhänge, fange ich wieder bei Dr. Schmied an beziehungsweise werde ich dann wohl schon hier arbeiten."

Er hebt mich stürmisch hoch und wirbelt mich durch die Luft. Küsst mich glücklich.

Doch inmitten des Kusses bricht er ab und fragt: „Hier? Wieso hier?"

Jetzt steht auch Liz auf und holt einmal tief Luft. „Weil Leni und ich hier ein Hospiz eröffnen werden. Das Friedrich Reiterer Hospiz."

Liz hat Tränen in den Augen. Mats und ich nehmen sie in unsere Mitte und gerührt umarmen wir einander.

VIERUNDSIEBZIG

August

Einen Tag sind wir schon hier in diesem gastfreundlichen, schönen Land. Ich bin aufgeregt. Wird er sich freuen? Die Nachmittagssonne brennt gnadenlos vom tiefblauen Himmel. Das Wasser ist türkis und plätschert beruhigend. Die sanften Wellen glitzern und kommen und gehen. Ich liege in einer dünnen, weißen Tunika über meinem roten Bikini auf einem hölzernen Sonnenbett und starre auf den Horizont, also auf das schmale Stück Horizont, links und rechts begrenzt von zwei hohen karstigen Felsen.

Unter dem schilfgedeckten Dach des Kiosks steht Mats in seinen gelben Badeshorts und kauft Wasser und Obst. Dann setzt er sich an das Fußende der Liege und schneidet einen Pfirsich in mundgerechte Stücke, füttert abwechselnd mich und sich selbst mit einem Happen.

Der Pfirsich ist so süß und reif, dass uns der Saft bald aus den Mundwinkeln läuft und Mats' Hände vor Nässe tropfen. Mit erhobenen Armen beugt er sich zu mir und wir pressen lachend die Lippen aufeinander, verschmieren die klebrige Masse. Ich wische mich mit dem Handrücken ab und sehe ihm zu, wie er nach vorne zum Wasser marschiert, um sich zu waschen.

„Da! Da!" Ich springe auf. Vor den rechten Felsen der Bucht schiebt sich ganz gemächlich ein weißes Segel. Ich greife zu meinem Feldstecher. Ja, er ist es. Das ist sein Boot. Das Segel wird größer und größer, dann kann man den Rumpf schon mit bloßem Auge erkennen. Noch immer ein gutes Stück entfernt kettet er das schaukelnde Boot an der Boje fest und hechtet mit einem Kopfsprung ins Wasser.

Mats kommt zu mir. Er gibt mir einen Kuss und sagt: „Ich lasse euch allein. Ich warte im Apartment auf dich. Bis später! Ich liebe dich."

„Und ich liebe dich!", rufe ich ihm nach. Dann stapft er durch den heißen Sand davon.

Mein Vater richtet sich auf und streicht das nasse Haar zurück, drückt etwas Wasser aus den Beinen seiner dunkelblauen Badeshorts. Da kullert ihm ein Volleyball vor die Füße. Nachdenklich hebt er ihn auf und betrachtet ihn traurig. Dann blickt er auf, um zu sehen, wem er gehört. Ich gehe langsam auf ihn zu, mit den Handflächen nach oben.

„Das ist meiner", sage ich.

Verblüfft sieht er mich an. Als ich vor ihm stehe, lässt er den Ball zu Boden fallen und nimmt mich in die Arme. Ganz fest drückt er mich, ich kann spüren, wie sich sein Brustkorb hebt und senkt, immer rascher. Und dann beginnt er zu schluchzen und ich mit ihm.

Ich lasse endlich alles heraus, was schon so viele Jahre in mir wartet, und zwar immer nur auf ihn, auf seine Tränen, auf dass sie sich mit meinen verbinden und daraus etwas Neues entsteht, ein Neuanfang für uns.

Wir stehen auf einem der schönsten Flecken dieser Erde, halten uns aneinander fest und weinen versäumte Tränen.

Doch wie Friedrich schon sagte: Versäumnisse können jederzeit nachgeholt werden und Liebe kann immer wieder erblühen ... Besonders hier an dieser, an unserer Schwelle zum Glück.

DANKSAGUNG

Ich möchte mich bei meinen Lesern der ersten Rohfassung bedanken: Melitta, Philip und Anna, und allen voran Elisabeth, die mir mit wertvollem Feedback und Korrekturen zur Seite stand.

Danke an meine beste Freundin Christina, die mich nun schon seit über drei Dekaden inspiriert. Danke an Rainer, der die erste professionelle Beurteilung des Textes übernahm und mir stets Mut machte. Danke an Walter für „ein Stück Butter und eine Tür", du scheinst ein lustiges Kind gewesen zu sein. Ich bedanke mich bei meiner wunderbaren Lektorin Claudia, von der ich ganz viel lernen durfte.

Ein besonderes Dankeschön an meinen Mann, der mich so viele Nächte entbehren musste, weil ich mit einer anderen als unserer eigenen Liebesgeschichte beschäftigt war. Und schließlich danke an mein kleines, inneres Künstlerkind, das sich nun doch noch hinaus in die Öffentlichkeit getraut hat. Mögest du wachsen.

ALLES BLEIBT BESSER

241 Seiten
ISBN 978375342687
Auch als E-Book erhältlich

„Verbündete kann man schließlich nie genug haben. Nicht im Krieg und auch nicht in der Liebe."

Ein Sommer in Wien. Eine turbulente Familiengeschichte. Erzählt aus sechs Perspektiven.

Katharina ist Ende Dreißig und hat sich mit ihrer Teenie-Tochter gut arrangiert, trotzdem oder vielleicht sogar, weil ihr Ex-Mann genau gegenüber wohnt. Gerade als der um dreizehn Jahre jüngere Max in ihr Leben tritt, macht sie einen seltsamen Fund, der ihr Leben in der beschaulichen Wiener Vorstadt gehörig durcheinanderwirbelt.

JEDE WELLE FLÜSTERT
DEINEN NAMEN

Teil 1 der Reihe: Liebe in Andalusien
Die Teile können unabhängig
voneinander gelesen werden.

300 Seiten
ISBN 9783754328712
Auch als E-Book erhältlich

**„Wie man eine Angst besiegt? Mach die Augen zu, spring
ins kalte Wasser und schwimm!"**

Die dreißigjährige Isabelle ist diszipliniert, ehrgeizig und
lässt niemanden an sich heran. Um befördert zu werden,
muss sie an jenen Ort in Andalusien zurückkehren, an dem
ihr unbeschwertes Leben Jahre zuvor unter einer Welle von
Schmerz begraben wurde. Raúl ist ein stadtbekannter
Frauenheld und empfindet Liebe einzig und allein für seine
Familie ... und für das Meer. Aus Pflichtgefühl seiner
Schwester gegenüber hat er seinen Traum von einer
Profikarriere aufgegeben und lebt seither ziellos in den Tag
hinein. Als er und Isabelle aufeinandertreffen, wird Salz in
immer noch offene Wunden gestreut, und doch zieht es sie
auf unerklärliche Weise wieder und wieder zueinander hin.
Denn je häufiger sich die beiden begegnen, desto deutlicher
spüren sie, dass sie weit mehr verbindet, als sie sich
eingestehen wollen.

JEDER STURM ZEIGT MIR DEIN HERZ

Teil 2 der Reihe: Liebe in Andalusien
Die Teile können unabhängig
voneinander gelesen werden.

308 Seiten
ISBN 9783756214358
Auch als E-Book erhältlich

Plötzlich fährt ein greller Blitz zur Erde, und als der Donner zwischen den spitzen Bergen die Stille zerreißt, brülle ich aus vollem Hals: „NIE. MEHR. WIEDER."

Eigentlich hat sich Marisol fernab von ihrer herrischen Mutter und dem engen andalusischen Dorf ein schönes Leben aufgebaut. Nur aus Pflichtgefühl lässt sie ihren Traumjob und ihren Freund Marcos für ein paar Wochen zurück, um ihre Eltern auf dem Familiengestüt zu vertreten. Aber wieso zieht es dann so verräterisch in ihrer Brust, sobald sie die vertrauten Wälder wiedersieht und ihre Geschwister in die Arme schließt? Und auch Fabio, ihr Schwarm aus Kindheitstagen, übt immer noch eine besondere Faszination auf sie aus. Ihre gemeinsame Zeit setzt in ihr eine Veränderung in Gang, die nicht mehr aufzuhalten ist. Mit welcher Macht jedoch die Stürme dieses Sommers ihr Leben auf den Kopf stellen, kann Marisol nicht einmal erahnen.